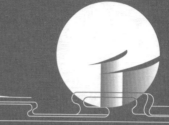

WUYUE YUNHEN

上海市金山区图书馆
浙江省嘉兴市图书馆 编

上海大学出版社

吴越韵良

金山、嘉兴风土诗词精读

图书在版编目（CIP）数据

吴越韵痕：金山、嘉兴风土诗词精读 / 上海市金山区图书馆，浙江省嘉兴市图书馆编. -- 上海：上海大学出版社，2019.12
　ISBN 978-7-5671-3761-5

Ⅰ. ①吴… Ⅱ. ①上… ②浙… Ⅲ. ①古典诗歌－诗集－中国 Ⅳ. ①I222

中国版本图书馆CIP数据核字(2019)第272250号

责任编辑　姜红莉
整体设计　缪炎栩
技术编辑　金　鑫　钱宇坤

吴越韵痕——金山、嘉兴风土诗词精读

上海市金山区图书馆　浙江省嘉兴市图书馆　编

出版发行	上海大学出版社出版发行
地　　址	上海市上大路99号
邮政编码	200444
网　　址	www.shupress.cn
发行热线	021-66135109
出 版 人	戴骏豪
印　　刷	江阴金马印刷有限公司
经　　销	各地新华书店
开　　本	890mm×1240mm　1/32
印　　张	10.5
字　　数	210千
版　　次	2019年12月第1版
印　　次	2019年12月第1次
书　　号	ISBN 978-7-5671-3761-5/Ⅰ·571
定　　价	47.00元

《吴越韵痕——金山、嘉兴风土诗词精读》编委会

- 顾　　问：　黄显功　沈红梅
- 主　　任：　李泱泱
- 副 主 任：　陆佰君
- 主　　编：　陶幼琴
- 副 主 编：　王　欢　鲁　祎
- 执行主编：　张青云　郑闯辉
- 撰　　稿：　郁伟新　倪春军　高文斌　姚金龙
　　　　　　　张锦华　徐志平　徐　骏
- 资　　料：　金　娟　赵　艳

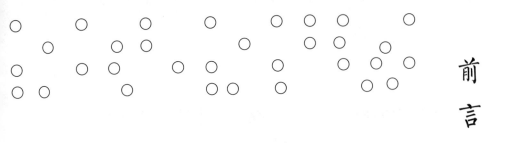

前言

吴越韵痕

古典诗词是中华优秀传统文化的重要载体,它具有音韵上的声乐美、章句上的结构美和意象中的图画美。数千年来,它以无穷的艺术魅力滋养了一代又一代炎黄子孙,从而成为我国独特的、为人民喜闻乐见的文学形式。

具有6000年悠久历史的金山,自古以来人文荟萃,饱经诗风词韵的浸润,在这方人称"三岛缥缈,海上蓬莱"的诗性热土上,从唐宋以来涌现了大批优秀的诗人、词客,产生了众多脍炙人口的佳作名篇,在金山文学史上写下了辉煌的一页,更为金山人民留下了弥足珍贵的优秀传统文化遗产。

从金山诗词遗产的具体情况来说,作品总数与诗人人数很难作精密统计,但有几个数据仍然让人刮目相看:从唐至清的历代诗文集多达826种;民国时期多达65种,单是歌咏地方风土的竹枝词,枫泾古镇在清代就诞生过《枫溪竹枝词》《清风泾竹枝词》《枫溪棹歌》等多种诗集,张堰有吴光弼的《张溪竹枝词》,亭林有顾文焕的《亭林竹枝词》;而从元人杨维桢的《云间竹枝词》到现当代高燮的《乡土杂咏》,竹枝词总量达1500首。至于诗人人数,以明清两代为例,据前人统计明代金山有诗人83人,清代金山有诗人491人。从唐代的陆贽、船子和尚到宋代的陈舜俞、李甲、娄机,到元明两代的陆居仁、杨维桢、袁凯、王良佐、张冕、陈继儒,再到清代的曹尔堪、田茂遇、王广心、姚椿、柏古,都是彪炳文学史的诗词名家。而近代进步文学团体"南社"中的先驱高旭、姚光、高燮则都是集"诗人词家"于一身的金山名贤,素来为金山人民所景仰。以上具有代表性的金山本土诗人和寓居诗人,他们的诗词遗著如《拨棹歌》《都官集》《铁笛诗》《晚香堂词》《南溪词》《通艺阁诗录》《芋栗吟》《未济庐诗》《荒江樵唱》《吹万楼诗》等流传有绪,其中许多传世之作不但才情充沛,而且饱含金山元素,可谓诗意乡愁相得益彰,是金山各界市民和广大青少年"知乡爱乡"的绝佳教材。

毗邻金山的嘉兴市地处"长三角"中心腹地,作为国家级的历史文化名城,它地势平旷而田土膏腴,山水清嘉而人文秀蔚,已有7000多年的文明史、2500多年的文字记载史、1700多年的建城史,是中国革命红船起航的地方;境内的马家浜文化遗址则是长江下游、太湖流域新石器时代早期文化的代表。而历经唐、宋、元、明、清的朝代更迭,嘉兴的文化蓬勃发展,名人杰士不断涌现,诗词佳作灿若繁星,从而铸就了"文化璀璨,风华绝代"的人文优势,也形成了"红船魂、国际范、运河情、江南韵"的嘉兴特点。从诗词文化方面而言,朱彝尊、查慎行、彭孙遹、沈曾植、王国维、王蘧常、吴世昌等著名诗人词家在这里诞生和成长,并进而成为嘉兴文化史上的骄傲;与此同时,"浙西词派""柳洲词派"在这里发轫与光大,业已成为中国词学史上的一道亮丽风景线。除此而外,嘉兴以其秀丽风光冠绝江南,吸引了刘长卿、张先、苏轼、范成大、萨都剌、王守仁等外籍诗人,他们纷至沓来,在这方浙东乐土

上踏歌吟唱、觞咏流连，留下大量脍炙人口的瑶章锦句。综上所述，嘉兴的诗词文化遗产是极为丰厚而独特的，可以说犹如一口挖不到底的深井，值得后人不断用心发掘。

本书秉持"文旅融合"及"乡村振兴"的全新理念，精选金山、嘉兴两地历代风土、风物诗词佳作120首，以生动呈现两地的风景名胜、风情民俗、特色物产等地域文旅标识，并兼重艺术性与可读性的高度统一，以使两地广大市民读者及青少年领略经典，记住"乡愁"。书中作品由金山、嘉兴两地诗词与文史专家进行生动而专业的题解赏析、注释今译，并在作品正文前冠以作者简介。通过这种普及与提高相结合的形式，我们相信会让读者打通阅读障碍，并进一步感受诗意乡情。我们希望，通过本书的编撰，能够为落实"长三角"区域高质量一体化发展国家战略做一些文化联动上的有益尝试，并为促进文化和旅游的融合发展作出两地公共图书馆应有的贡献。

唐代大诗人白居易有句云："江南好，风景旧曾谙。"让我们饱含着对乡邦文化的温情与礼敬，去品读这一首首珠玑之作，去感受那一处处风景名胜，从而认识金山、了解嘉兴，进而感受"江南文化"的无限魅力。

《吴越韵痕——金山、嘉兴风土诗词精读》编委会
2019年9月2日

目录

第一部分
金山地区诗词选
新城篇

002　依韵和唐彦猷华亭十咏（其一）
　　　宋·梅尧臣

005　游查山
　　　元·陶宗仪

008　游查山
　　　清·王广心

010　申江棹歌（其一）
　　　清·丁宜福

013　乡土杂咏（其一）
　　　近现代·高燮

015　松江竹枝词（其一）
　　　清·黄霆

017　松江竹枝词（其二）
　　　清·黄霆

019　康王城
　　　清·汪巽东

022　金山城
　　　宋·许尚

枫泾篇

026　定光庵
　　明·张世美

029　枫泾
　　清·沈大成

032　吴氏竹庄
　　元·黄鲁德

035　三泖棹歌
　　清·李宗海

038　游泖桥澄鉴寺
　　近现代·姚光

040　风泾定光寺赏荷
　　明·贝　琼

042　过枫泾
　　明·瞿　佑

045　由西塘抵枫泾
　　清·查　容

048　咏白牛塘
　　清·唐天泰

051　晚晴泊枫泾
　　清·夏曾佑

054　枫泾道中
　　近现代·彭鹤濂

057　清风泾
　　清·柏　古

060　咏白牛镇
　　清·金景西

朱泾篇

064 同友人登朱泾天空阁晚眺
　　　　清·朱　栋

066 拨棹歌
　　　　唐·船子和尚

068 行嘉善道中宿朱泾
　　　　明·陆　宝

070 朱溪竹枝词
　　　　清·程　超

072 松江竹枝词（其三）
　　　　清·黄　霆

074 朱泾
　　　　清·赵慎徽

077 落照湾
　　　　近现代·高　燮

079 万安桥落成喜赋（三首选一）
　　　　近现代·彭鹤濂

亭林篇

082　松隐庵
　　　元·王　逢

085　读书堆
　　　明·贝　琼

088　游亭林宝云寺访顾侍郎读书堆洗砚
　　　池遗迹并读赵承旨宝云寺碑
　　　清·张兴镛

090　登读书堆
　　　近代·钟天纬

092　申江棹歌（其二）
　　　清·丁宜福

094　亭林竹枝词（其一）
　　　清·顾文焕

097　亭林竹枝词（其二）
　　　清·顾文焕

100　宝云寺碑
　　　清·汪巽东

103　读书堆
　　　清·唐天泰

张堰篇

106 登秦山
　　明·曹 勋

108 题松韵草堂
　　近现代·姚竹修

110 题杨竹西不碍云山楼
　　元·张 雨

113 申江棹歌（其三）
　　清·丁宜福

116 乡土杂咏（其二）
　　近现代·高 燮

118 乡土杂咏（其三）
　　近现代·高 燮

120 乡土杂咏（其四）
　　近现代·高 燮

122 翠薇峰
　　近现代·高 燮

124 松韵草堂
　　近现代·高 燮

126 万梅花庐
　　近现代·高 燮

129 松江竹枝词（其四）
　　清·黄 霆

131 秦王山
　　清·汪巽东

133 赤松溪
　　清·汪巽东

135 秦山竹枝词（其一）
　　清·吴大复

138 秦山竹枝词（其二）
　　清·吴大复

140 秦山竹枝词（其三）
　　清·吴大复

142 张溪竹枝词（其一）
　　清·时光弼

145 张溪竹枝词（其二）
　　清·时光弼

147 留溪杂咏
　　清·王丕曾

149 暮春邻翁偕游张堰
　　清·赵玉德

152 暮春道出秦望山塘
　　近现代·姚 光

吕巷篇

156 出璜溪
　　明·贝　琼

159 顾丈蕉庵嘱题古愚先生《璜溪钓隐图》
　　近现代·彭鹤濂

161 草阁
　　明·陈继儒

163 璜溪
　　清·黄　霆

165 东干竹枝词（其一）
　　清·倪式璐

167 东干竹枝词（其二）
　　清·倪式璐

169 东干竹枝词（其三）
　　清·倪式璐

171 干巷竹枝词（其一）
　　清·曹　炅

173 干巷竹枝词（其二）
　　清·曹　炅

其他　176　依韵和唐彦猷和华亭十咏（其二）
　　　　　　　宋·梅尧臣

　　　　179　泖湖
　　　　　　　宋·唐询

　　　　182　泛泖
　　　　　　　元·杨维桢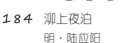

　　　　184　泖上夜泊
　　　　　　　明·陆应阳

　　　　186　秋日泛泖
　　　　　　　明·赵左

　　188　泖湖竹枝词
　　　　　　　清·王鸣盛

　　　　190　白苎城
　　　　　　　清·黄霆

　　　　192　春山竹枝词（其一）
　　　　　　　清·王顼龄

　　　　194　春山竹枝词（其二）
　　　　　　　清·王顼龄

　　　　196　春游漫兴
　　　　　　　近现代·彭鹤濂

　　　　198　秀州塘西晚步
　　　　　　　近现代·彭鹤濂

第二部分
嘉兴地区诗词选
主城篇

204　阿子歌（三首）
　　　（南朝乐府民歌）

206　湖中寄王侍御
　　　唐·丘 为

209　送友游吴越
　　　唐·杜荀鹤

211　天仙子
　　　宋·张 先

214　三过堂诗（之三）
　　　宋·苏 轼

217　烟雨楼
　　　宋·唐天麟

219　嘉兴界
　　　宋·叶绍翁

221　出嘉禾
　　　宋·朱南杰

223　过嘉兴
　　　元·萨都剌

225　凭栏人·咏史
　　　元·徐再思

227　鸳鸯湖（二首）
　　　明末清初·黄媛介

229　鸳鸯湖棹歌（一百首选二）
　　　清·朱彝尊

232　过嘉兴府城
　　　爱新觉罗·弘历

235　䎱泥
　　　清·钱 载

238　嘉兴运河诗（二首）

嘉善篇

242　过武塘
　　元·王　冕

245　平川十景（其一）
　　明·周　鼎

247　满江红·江村
　　清·曹尔堪

250　水龙吟·吴歌
　　清·郭　麐

253　魏塘竹枝词（一百二十首选三）
　　清·孙燕昌

平湖篇

258　九里松马上作
　　宋·赵孟坚

260　登汤山
　　明·赵　伊

262　寄题萧使君弄珠楼
　　明·董其昌

265　风入松
　　清·沈岸登

268　泖水乡歌（选三）
　　清·俞金鼎

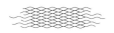

海盐篇

> 272 横山故居、山中
> 　　唐·顾况

> 274 海盐官舍
> 　　唐·刘长卿

> 276 秦始皇驰道
> 　　宋·韩维

> 278 秋游海上（五首之一）
> 　　明·郑晓

> 281 永安湖竹枝词（九十首选三）
> 　　清·吴熙

海宁篇

> 286 登西山望硖石湖
> 　　唐·白居易

> 289 过长安堰
> 　　宋末元初·袁易

> 292 观刈早稻有感
> 　　清·查慎行

> 295 六月二十七日宿硖石
> 　　清·王国维

> 298 鹃湖渔唱（选二）
> 　　清·曹宗载

桐乡篇

302 崇德道中
　　唐·戴叔伦

305 槜李亭
　　宋·梅尧臣

308 乱后过嘉兴（其一）
　　清·吕留良

311 满江红·石门
　　清·万 树

314 桐乡竹枝词选

㊎山脉牵吴越，接浙连沪，历史悠久。秦设海盐县，金山为县治所在地，行政范围囊括今上海与嘉兴滨海；境内有六七千年前长江中下游地区新石器时期马家浜文化查山遗址，为上海目前发现的最早古文化遗址。

春秋时，金山地处吴、越交汇处，古名平原、武原、柘湖。南北朝时，置前京县与胥浦县，又为县治所在地。唐代时，从海盐县等三县分出华亭县；清初从华亭县分出娄县，继而又从娄县分出金山县。中华人民共和国成立后，金山县与松江县部分地境有过一次较大互换调整。1997年，金山县与上海石化联合建区撤县，称金山区。

金山是上海行政建制最早设立的地方，同时又是嘉兴海盐最早的县治所在地。金山历代英才荟萃，涌现出一批在海内外产生过重要影响的杰出人物，如南北朝文字学家顾野王、唐代诗僧船子和尚、宋代诗文家陈舜俞、元末诗坛领袖杨维桢、明代书法家沈度、清代武英殿大学士王顼龄、南社创始人之一高旭、南社主任姚光、天文学家高平子、围棋大师顾水如、书画家白蕉、国画大师程十发、漫画家丁聪、诺贝尔物理奖获得者高锟等。

第一部分　金山地区诗词选

新城篇

依韵和唐彦猷华亭十咏(其一)

宋·梅尧臣

寒穴

山头寒泉穴,净若镜面平。
熨齿敲冰冷①,贮瓶微玉声②。
傍有野鹿迹,上啼林鸟清。
何由一往挹③,况复方病醒④。

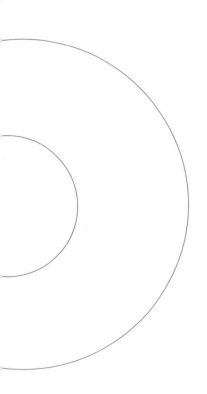

梅尧臣

(1002—1060)

字圣俞,宣州宣城(今安徽宣城)人。因宣城古名宛陵,故世称宛陵先生。北宋著名文学家、诗人,追求平淡的艺术风格,开宋诗之新风。有《汝坟贫女》《田家语》等名篇传世。今传《宛陵先生集》。

● 题解与赏析

　　这组诗作于北宋至和二年（1055），当时梅尧臣在家乡宣城居丧，因唱和唐询《华亭十咏》而作。唐询《寒穴》诗云："绝顶干云峻，寒泉与穴平。还同帝台味，不学陇头声。夜雨遥源涨，秋风颢气清。谁云蔗浆美，才可析朝醒。"因为这是和韵之作，所以诗歌所用的韵字与唐诗完全一致。诗前有小引云："金山北有寒穴，清泉出焉，其味甘香。"诗中所咏之寒穴泉，位于大金山岛上，因泉水寒凉甘冽，被誉为"神泉"。南宋文人吴聿在《观林诗话》中说："华亭并海有金山，潮至则在海中，潮退乃可游山。有寒穴泉，甘冽与惠山相埒。穴在山麓，泉钟其间，适与海平。"

　　这首诗写的正是大金山岛上的寒穴泉水。诗歌首联交代寒穴所在的位置，并通过比喻表现泉水的澄澈平静。颔联通过人的感觉从侧面来描写泉水，上句从触觉的角度表现泉水的寒凉，下句则从听觉的角度表现泉水的清冽。颈联转而描写泉水所处的自然环境，表现一种隔绝尘世的清幽境界。尾联借此抒情，表达对人生的议论和感慨。虽然寒穴之水如今早已枯竭，但是在20世纪90年代编纂的《金山县志》中，还有老渔民反映：民国时期有人上山砍柴，到寒穴提水解渴，汲起一桶，其水旋即涌满，可见诗歌所言非虚。

● 注　释

①熨[yùn]齿：使牙齿感到寒冷。梅尧臣《和正月六日沈文通学士遗温柑》："诵句擘露囊，香甘冷熨齿。"
②玉声：玉佩叩击的声音，这里用来形容泉声清脆悦耳。
③挹[yì]：此处指汲水。
④酲[chéng]：醉酒后神志不清。

● 今 译

　　大金山上的那一泓清泉,水面清澈平静如镜。以泉漱齿感到如寒冰般清凉,装在瓶中发出玉佩般的清脆声响。泉边有野鹿经过的痕迹,林中传来鸟鸣的声音。为什么要来喝一口甘冽清泉?更何况我已是酒醉未醒。

（撰稿人：倪春军）

游查山

元·陶宗仪

四面黄茅合①,南头粉堞高②。
丹泉生石甃③,山趾带平桥④。
犬寄华亭信⑤,蛇吞战国豪⑥。
登临增感慨,落日在林皋⑦。

陶宗仪

(1329？—1412)

字九成,号南村,台州黄岩(今浙江台州)人。元末明初文学家、史学家。精通诗文,旁涉子史,工书善画。元末兵起,避乱松江华亭(今上海松江)。著有《书史会要》《南村辍耕录》等,诗有《南村诗集》。

● 题解与赏析

　　查山，又名大石头，在金山卫镇东北境内。相传秦始皇登秦望山观海，视线被此山所阻，于是下令伐尽树木，裸露出山上赭红色的土石，故旧名遮山，也称赭山。又一说，唐代方士查玉成在山中炼丹，因名查山。本诗作者自注云："山上有查仙炼丹井，东眺黄耳塚，西秦山。"这是作者游查山时写下的一首咏怀诗。

　　诗歌前半段写景，首联的"四面"与"南头"构成空间转换，"黄茅"与"粉堞"形成色彩对比，表现了查山周围的空间布局和自然环境。颔联写山中美景，抓住"丹泉"和"平桥"这两个典型意象，描绘出一幅小桥流水的查山秋景图。后半段抒情，颈联化用典故，不仅贴合云间和查山的历史人物，而且也暗寓自己的身世之感。尾联直抒胸臆，倍增感慨，并以景作结，含蓄深沉。

　　陶宗仪生当元末乱世，不仅经历了兵荒马乱的战争之苦，而且也常有思乡、恋阙之情。这一次秋游查山的经历，正好触动了他内心深处的家国之感和羁旅之思，成为他南村躬耕时期的心境写照。

● 注释

① 黄茅：秋天茅草变为黄色。
② 粉堞：粉白的城墙。
③ 丹泉：炼丹井；甃 [zhòu]：井壁。
④ 山趾：山脚。
⑤ 犬寄句：用西晋文学家陆机黄犬寄信的典故。《晋书·陆机传》："初机有骏犬，名曰黄耳，甚爱之。既而羁寓京师，久无家问，笑语犬曰：'我家绝无书信，汝能赍书取消息不？'犬摇尾作声。机乃为书以竹筒盛之而系其颈。犬寻路南走，至其家，得报还洛。其后因以为常。"

⑥蛇吞句：指秦始皇吞并六国，统一华夏。

⑦林皋：树林高地。

● 今 译

　　查山的周围是茂盛的黄茅，查山的南面有高高的城墙。山上有炼丹的石井，山脚有溪水和小桥。想起了陆机黄犬寄信的故事，想起了秦始皇吞并六国的历史。又想到了自己的身世和经历，不禁感慨万千，独立于落日中的山林。

（撰稿人：倪春军）

游查山

清·王广心

仙山海上雨初晴①,胜侣携筇老衲迎②。
当户藤萝双树合③,诸天钟鼓一灯明④。
乱余洞壑秦碑没,秋到溪泉玉井清。
却笑廿年临戏马⑤,漫将书剑学纵横⑥。

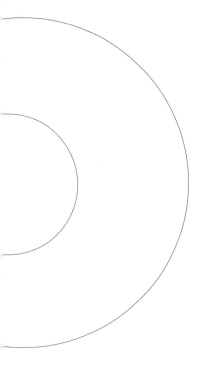

王广心

(1610—1691)

　　字伊人,号农山,华亭张堰(今金山张堰)人。清顺治六年(1649)进士,历任兵部武选司主事、御史等职。明末参加文社几社,又在张堰创赠言社,虽已效忠新朝,却又深自悔恨,内心十分痛苦和矛盾。诗歌以七古和七律见长,著有《兰雪堂集》。

● 题解与赏析

　　查山南坡有仁寿庵，元代至正年间所建，清康熙时扩建为仁寿禅寺。这是清初诗人王广心游查山并借宿仁寿庵时写下的一首诗。

　　诗的首联写大雨初晴，诗人拄着竹杖登上查山，山中的老僧在门前相迎。颔联写山寺禅房的周围环境：窗外是茂盛的藤萝和娑罗双树，殿内是钟鼓之乐，佛灯长明。颈联写查山之景，一个"没"字突出了历史的巨变和沧桑，一个"清"字则表现了当时的清和与太平。尾联直抒胸臆，感慨自己廿年蹉跎，一事无成，不免失意怅惘。

　　这首诗写查山之游，既有佛家的禅境，也有道家的仙境，既有查山的胜境，也有诗人的心境，可谓景中有情，情中有理，值得反复咀嚼，细细品味。

● 注　释

①仙山：古代传说中仙人居住的地方，如瀛洲、蓬莱、方丈等，这里指查山。
②胜侣：好友。筇：竹杖。老衲：山中的老僧。
③双树：娑罗双树，也称双林，寺院中多种植。
④诸天：佛教语。指护法众天神。佛经言欲界有六天，色界之四禅有十八天，无色界之四处有四天，其他尚有日天、月天、韦驮天等诸天神，总称之曰诸天。
⑤戏马：戏马台，项羽灭秦后，自立为西楚霸王，定都彭城，于城南里许的南山上构筑崇台，以观戏马，故名"戏马台"。唐代李乂《奉和九日侍宴应制得浓字》："台疑临戏马，殿似接疏龙。"
⑥纵横：合纵连横之术。

● 今　译

　　大雨初晴后的查山仿佛一座海上仙山，山里的老僧已扶杖在门口等候我的到来。寺院外面是茂盛的藤萝和娑罗双树，寺内则是一片钟鼓伴随着佛灯长明。经历了世事变乱，秦代的碑刻早已湮没不闻；秋风吹来，井中的泉水甘甜清澈。可笑我二十多年来东奔西走，如今却是空有怀抱一无所成。

（撰稿人：倪春军）

申江棹歌(其一)

清·丁宜福

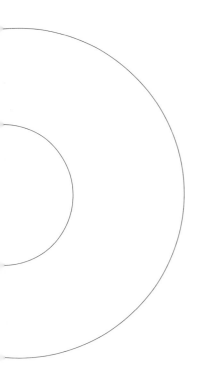

金山一点望如仙①,
四面云涛浪拍天。
新水好从寒穴汲②,
教人那数惠山泉。

丁宜福

(1817—1875)

　　字慈水,一字时水。清代江苏南汇县(今上海奉贤区)人,清代贡生。善为八股文,尤工诗赋。著作甚丰,有《东亭吟稿》《卧游草》等。

● 题解与赏析

《申江棹歌》是丁宜福写的一组竹枝词。此诗描写了杭州湾海中的金山岛。从如诗如画的大自然仙境、缥缈如蓬莱岛的海中星点，到周边惊涛拍浪的情景，呈现了金山岛的位置特点，实为写景之铺垫。第三、四句则是用大金山岛寒穴泉，超越名泉惠山泉的典故升华了大金山岛的价值，使全诗意味超然，读来让人击节称叹。

● 注释

①金山：在金山城市沙滩东南海面，有三座青黛色的岛屿，即金山三岛。原在陆地上为同一座山，称钊山，南宋淳熙与绍熙之交（12世纪80年代）后随着海陆变迁成海岛，由大金山、小金山、浮山三岛组成。大金山岛是上海海拔的最高点，自然景观美丽，人文资源丰富；猕猴成群，是中国第二大猴岛。小金山位于大金山南。古籍记载大、小金山间有古金山城。浮山整体状似乌龟，俗称"乌龟山"。由于长期海浪涨潮激流冲蚀，在大、小金山之间形成了很深的海槽沟叫"金山深槽"，深度在三、四十米之间，大、小金山之间最深，称"金山门海峡"。

②寒穴：在北宋年间，金山寒穴泉已是一处旅游景点。根据毛滂《寒穴泉铭》记载，北宋景祐二年（1035），王安石写下这首诗时才15岁。宋政和年间(1111—1116)，秀州知州毛滂巡视华亭，县令姚舜明用寒穴泉水煮茶款待他，毛饮后大奇，感觉味道与"天下第二泉"惠山泉一样，但不能确定，就派人取惠山泉。经反复品味鉴别，果然不分上下，毛大叹："盖有两'第二泉'矣！"于是，写下了《寒穴泉铭》，并立石碑在大金山。寒穴泉因水质甘甜清冽，受到了王安石推崇，以"天下第二泉"之名著称于世。大金山寒穴泉是一个朝天的岩穴，形状似井。自宋绍熙《云间志》载："寒穴泉，在金山。山居大海中，咸水浸灌，泉出山顶，独甘冽，朝夕流注不竭。"以后都称泉在山

顶，而据南宋吴聿撰《观林诗话》却说，"寒泉……穴在山麓，泉钟其间，适与海平"。而唐询诗原注："金山北有寒穴"，南宋许尚《华亭百咏·寒穴》诗"喷涌悬崖下"，则其穴当在山之北麓悬崖之下。现代陈积鸿认为，寒穴泉应该在金山岛北。《上海地质矿物志》载"大金山上有两井，一位于西南山麓海拔10米处，二位于东北山麓海拔15米处，井深都是4.5米。在山腹坑道中还有两处泉水溢出，泉水质内含较高的硫和铁。"

今 译

金山一点看似海中仙境，四周是无数拍天的海浪。新鲜的泉水都从寒穴泉汲取，不会让人再惦念惠山泉。

（撰稿人：高文斌）

乡土杂咏（其一）

近现代·高燮

康王东游来筑城①，
城接金山两岸平。
海水而今莽空阔，
周公墩上起潮声②。

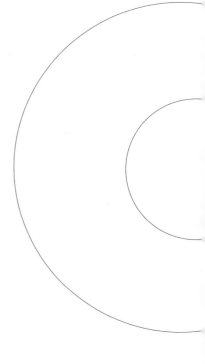

高燮

（1878—1958）

字时若，号吹万，又号寒隐、葩叟等，金山张堰人，南社诗人。1903年起，在金山出版《觉民》月刊，宣传民族主义思想。曾主持国学商兑会和寒隐社，刊行《国学丛选》。藏书极富，1949年上海解放后，将家藏图书捐献给国家，现藏复旦大学图书馆。著有《吹万楼诗集》等。

● 题解与赏析

《乡土杂咏》是高燮歌咏家乡的一组竹枝词，此诗为其一。全诗以周康王东游建城的传说开始，第一、二句写这座城的地理位置等情况。第三、四句则写到了如今只有空阔的海水在周公墩的四周掀起浪涛之声。作者似乎对历史在抒发着一些感伤，又以古今对比的方式告诉人们沧海岁月，物是人非之哲理。

● 注释

①康王：此处的康王根据南宋《云间志》记载，传说周康王在金山建城堡。《云间志》"古迹"章"金山城"条引《旧经》云："昔周康王东游，镇大海，遂筑此城，南接金山，因以为名。" 周康王姬钊，是周武王姬发之孙，周成王姬诵之子，西周第三位君主。《读史方舆纪要》记载："《志》云，城东十里许，当潮势猛烈处有周公墩。俗传金山城周康王所筑，故墩亦附会周公之名，盖昔时堠望处耳。" 正德《金山卫志》又记载："五代吴越王钱镠当潮势奔猛处，设周公墩，筑城置戍，宋元仍之。"

● 今译

周康王东游到这里建了城堡，这座城连接着金山两岸平阔。如今这海水滔天浩浩荡荡，只看到潮水冲击着周公墩。

（撰稿人：高文斌）

松江竹枝词(其一)

清·黄霆

卫城城外尽沙滩,
彭蜞沙钩次第餐①。
入夏黄鱼滋味好,
千帆海舶拥冰寒②。

黄霆

生卒年不详,字橘洲,清代金山人。束发受业于其舅王耐亨,逾冠授徒,研究四方音韵有年,著有传奇数种。清乾隆四十年(1775)作《松江竹枝词》。

● 题解与赏析

　　明洪武十九年（1386），就华亭县的筱馆镇（又称小官镇）筑城建卫所，以防御海上倭寇侵扰。因与邻近海中大、小金山相对，故名金山卫。城呈正方形，周长6公里，为海防要塞。当时有重兵驻扎，作为保卫南京的屏障。金山卫因而发展为附近地区规模最大的城镇。城初为土城，明永乐十四至十六年（1416～1418），因屡遭倭寇侵扰，用砖加高5尺，共高3丈3尺。这首诗所记录的，正是当年卫城地处海边的特殊环境和人们日常生产、生活的情景。

　　诗的一、二句描写环境，言卫城外都是荒芜的沙滩，蟛蜞、螃蟹横行，一个挨着一个满地觅食。这样的环境不可谓不荒凉，当然也可以说是野趣横生。诗的三、四句，着重写渔民的捕鱼劳作场面。入夏黄鱼渐肥，每当人们想到其美味，不免垂涎；正是黄鱼欲上的时节，渔人们自然忙碌，千帆竞相扬起，海船纷纷解缆，远赴瀚海进行捕捞作业，捕来的鱼则用寒冰冷藏保鲜。因为鱼味美好，当然值得千辛万苦冒险出海。鱼味固然美好，却未必是渔人能享用的，他们之所以冒险出海捕鱼，为的只是换取生活之必需。在"滋味好"与"拥冰寒"的对比中，读者不难读出诗人对渔人辛酸生活的同情。诗写得很客观，其中况味任由读者咀嚼。

● 注　释

①彭蜞、沙钩：皆为螃蟹之品种。
②拥冰寒：用冰冷藏鱼类。

● 今　译

　　金山卫城外是一片荒芜的沙滩，蟛蜞和螃蟹满地横行一个挨着一个觅食。入夏以来的黄鱼味道鲜美，渔人们正在用寒冰冷藏捕获的鱼类。（撰稿人：张锦华）

松江竹枝词(其二)

清·黄霆

海上周围烽火楼,
怒潮沦没渺难求。
柘林城外波光浅①,
片石犹题鹦鹉洲②。

黄霆

见前首,此处略。

● 题解与赏析

　　传说杭州湾内大金山周围一带曾是一片古陆地，叫鹦鹉洲。早在大禹和周康王时期，这里就筑城设邑，是当时政治、经济、军事和文化活动的中心。明代正德《金山卫志》载："鹦鹉洲在海中金山下……金山故城所在也"；"元末潮啮山北，海民沈氏者井中得碑，摩挲其文，曰'鹦鹉洲界'。"如若史料不假，今天围海造地精心打造的"鹦鹉洲生态湿地公园"也算得其所哉。后人在这里瞻顾流连，既是领受着先人的遗泽，当然也是表达着对先人的纪念和感恩。这首诗所追怀的，正是这片早已湮没不见的远古时代的鹦鹉洲。

　　诗的一、二句即表明，今天的这片海中曾几何时，竟是烽火连天的古陆大地，一代代远古生民在此生息。千百年来沧海桑田，几经变迁，曾经的繁华或烽火，早已沦没在海浪怒潮中，渺然难以索求了。一份遗憾和慨叹于斯可见。三、四句则言柘林城（今奉贤区南柘林镇西）外浅海中，当海潮退去，尚有题镌"鹦鹉洲"的石碑可供辨认，此处就是传说中的神秘古陆，对于临海吊古的诗人来说，多少也是一种安慰。诗在一种沉郁感慨的情味中，寄寓了渺远的时空之思，不见一般竹枝词的清浅声气，而更多文人式的深沉叹惋，意境深幽，耐人寻味。

● 注　释

①柘林城：又名柘林堡。在今奉贤区南柘林镇西一里。因附近柘山上柘树成林，故名。
②鹦鹉洲：史载杭州湾内大金山一带，曾是一片古陆地，叫鹦鹉洲。

● 今　译

　　这片大海的周围曾经有烽火楼，现在却被海潮淹没殆尽渺无可求。柘林城外的浅海波光粼粼，海潮退去时发现了题镌着"鹦鹉洲"的石碑。

（撰稿人：张锦华）

康王城

清·汪巽东

黄鱼淡水拥沙船①,
曾见天差下乍川②。
今日搜山无一卒,
康王城外草连天。

汪巽东

　　生卒年不详,字子超。清道咸间娄县人,能诗文,精星命、岐黄之学。

题解与赏析

民国二十四年(1935),考古工作者在戚家墩一带海滩及海塘桩石护岸工程的石块之间,发现大量印纹陶片;1958年,又在大金山山腰发现几何印纹硬陶;20世纪70年代初,在金山卫南滩贝壳堤下部发现轮廓磨圆的战国时代的麻布纹、青瓷碗等陶片,说明在先秦时期金山北麓确已有城堡的设置或聚落的形成,其遗址在沧海以后受海潮破坏,遗物随潮流漂流,沉积于戚家墩、金山卫一带。但南宋许尚在《华亭百咏·金山城》诗中说,"治盛周康世,东游岂信然?城闉亦隳废,门堞漫相传。"因为年代久远,城闉隳废,无从查考,表示了对康王城存在的质疑。复旦大学张修桂在所著《中国历史地貌与古地图研究》中也称:"金山城为周康王所筑的说法,显然是由于金山古称钊山,而周康王名钊,遂附会而成。"不过他又说:"然传说能经久流传,必有其物质基础,故周秦时期金山北麓很可能已有城堡的设置或聚落的形成,1960年考古工作者在距金山不远的戚家墩海滩上发掘有春秋战国至秦汉时期的村落遗址,可资证明。"由此可见,康城之有无尚存争议,不过一般的观点还是肯定了大金山岛北侧与陆地之间的茫茫海水之下,沉睡着传说中的康王城。这首诗以《康王城》为题,大体也说明了这一点。

诗的一、二句大概是说当年周康王曾经差人驾驭一种平底木船来到乍川(即今乍浦)巡视,一时声势煊赫,震动地方。当然这种历史盛事多半是作者根据传说而作的一种猜测与想象,作为文学作品的诗歌,即便是无端的猜度与想象也是无伤大雅的吧。何况这样写,其实是为了引出三、四两句的感慨:随着时间的推移,当年康王南寻的盛事早已烟消水逝,今天早已"搜山无一卒",唯见当年康王城所在的位置附近荒草连天。如此,诗歌所要传递的意蕴尽在言外了。

● 注　释

①沙船：古代用于航海的一种防沙平底木船。
②乍川：今嘉兴平湖市乍浦镇。乍浦以水得名，故曾名乍川。

● 今　译

　　黄鱼、淡水装在平底的沙船中，（周康王）曾经差人驾驭它们来到乍浦。今天搜遍金山（今大金山岛）也没有发现一兵一卒，只见康王城外一片荒草连天。

（撰稿人：高文斌）

金山城

宋·许尚

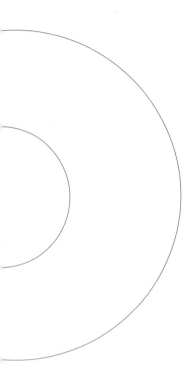

治盛周康世,
东游岂信然？
城闉亦隳废①②,
门堞漫相传③。

许尚

生卒年不详，自号和光老人、华亭子。约宋宁宗庆元初前后在世，著有《华亭百咏》。

▎题解与赏析

西周时期，周天子姬钊曾巡视东南，登宁海国黄花山观景。自古以来，无论王侯将相，还是文人墨客，登高总是感慨万千。周天子姬钊在黄花山上也是相似的光景。他望向东南方，那是一片烟波浩瀚的大海；再望向西北方，那里是万里平畴，卧龙江如同青龙般蜿蜒而至，由北向南直奔大海。黄花山的地势十分险要，临别时，周天子若有所思，随即下令在山下筑起一座城堡，名东京城。

所谓投桃报李，为报答周天子，宁海国王将黄花山更名为钊山，改卧龙江为青龙江。姬钊驾崩后，其子进父号为康王，东京城也随之改称为康城。据史料记载，康城的具体位置正是在钊山北部（今大金山岛）、北山峰（今小金山岛）西侧的一片河谷平地上。

公元前506年，康城归吴国，伍子胥奉命重修康城。秦始皇统一中国后，设置海盐县，康城归海盐县管辖。

康城的沦海是在东晋以后，那时金山一带海岸受强潮顶冲，不断坍塌后退，至唐末，海岸已退到金山脚下。随后，在南宋淳熙十一年（1184）的一次地震海啸中，金山沦海，拥有两千多年历史的康城也连同它曾经的繁荣一起沉入海底，从此在金山的土地上消失。

康城沦海后，钊山山峰成为大金山岛，北山峰成为小金山岛，山谷淹没水下成槽，山谷开阔地带的高地成为沙洲，时称"鹦鹉洲"。

诗人所写的《金山城》就是指当时的康城。诗人在世时已经沉入大海，康城繁盛只是传说了。

前两句对周天子来大金山巡游的事提出疑问，后两句则以城门毁坏，城郭也只是隐约可辨，表示自己的怀疑具有可靠性。

南宋《云间志》记载：金山城：

古蹟《云上》

雲間所謂古蹟往往多自表陸之舊其後又有顧希馮居縣之東南遺址在焉景祐閒侍讀唐公詢爲邑嘗按舊經爲十詠今祥符圖經所取不及焉母乃唐公所取有別本耶祥符所記疏略甚矣閒有一二可取今合二家書參之傳記以補其遺其後一以歲月爲序若夫田夫野叟指某水曰始於某人某上曰始於某人似若可聽卒無所稽據闕而不書以俟後之博洽者

金山城

在縣南八十五里高一丈二尺周回三百步舊經昔周康王東巡滇大每炎築比戍南委金山周以爲名

注 释

①城闉[chéng yīn]：城内重门。亦泛指城郭。

②隳废[huī fèi]：毁坏；破坏。

③门堞：城墙上齿状的矮墙，一般也泛指城墙。

今 译

繁荣盛世的周康王（西周天子姬钊）曾巡视东南，登钊山（黄花山）观景，这事可信吗？而今金山城城郭已毁，唯有那城墙的形貌还在人们口中流传。

（撰稿人：姚金龙）

枫泾篇

定光庵

明·张世美

一径幽深薜荔丛①,佛楼突兀倚晴空。
小楼烟水枫溪接,上刹云霞慧海通②。
慈竹迎风喧聚雀③,苍藤挂树曲蟠龙。
贫僧避事门常掩,谁道寻幽客兴浓④。

张世美

生卒年不详。字济之,松江华亭(今上海松江)人。明嘉靖年间,以恩选入太学,名誉播京师,诗古文卓然成家。谒选得幕职,仅十月,自免归,与诗人王良佐辈结社唱和。曾刻印徐陵《玉台新咏》。

● 题解与赏析

定光庵，枫泾镇上的一座千年古刹。据《重辑枫泾小志》记载："在镇北桃源巷西。汉乾祐元年建，宋景定中重建，明季毁。国朝康熙时，里人沈伯廷重建，择馀址筑来仲堂，华亭沈宗敬书'花梵重瞻'额以赠。咸丰十年毁于兵。"这首诗是诗人张世美经过定光庵时写下的，充满诗思与禅意。诗前有作者小序云："定光、宝藏二寺，与海慧寺转屈相并，门径幽绝，因过有述。"

诗歌首联，写曲径通幽，高阁耸峙，显示出寺院的气势不凡。颔联描写佛寺远景：小楼坐落在枫溪之畔，宝刹与慧海寺远近相通。两句妙在嵌入"烟水"和"云霞"两个意象，不仅与寺院的整体景观融为一体，而且也建立了小楼与枫溪、上刹与慧海之间的相互依存关系，可谓一语双关，一举两得。颈联写近景：慈竹在风中摇曳，鸟雀在风中啼鸣，藤蔓挂在老树之上，像一条屈曲盘旋的苍龙。本联前一句写实，后一句比拟，活泼灵动，惟妙惟肖。尾联写寺内的僧人为了远离尘嚣，经常关起山门，却更加引起了访客的浓厚兴趣。全诗紧紧围绕"幽绝"二字展开，几乎不涉及人事，生动表现了佛门的清静无为和超凡脱俗。

● 注　释

①薜荔：植物名，可入药，又称木莲。战国屈原《山鬼》："若有人兮山之阿，被薜荔兮带女萝。"

②上刹：对佛寺的尊称。元代王实甫《西厢记》："小生西洛至此，闻上刹幽雅清爽，一来瞻仰佛像，二来拜谒长老。"

③慈竹：竹名。又称义竹、慈孝竹、子母竹。丛生，一丛或多至数十百竿，根窠盘结，四时出笋。竹高至二丈许。新竹、旧竹密结，高、低相倚，因老少相依，故名。唐王勃有《慈竹赋》。

④寻幽：探寻美景。唐代李商隐《闲游》："寻幽殊未极，得句总堪夸。"

今 译

一条幽深的小径通向薜荔丛中,巍峨的佛阁矗立在晴朗天空。小楼周围烟水迷茫,与枫溪之水接壤;宝刹之巅云蒸霞蔚,与海慧寺远近相通。慈竹在风中摇曳,鸟雀在风中啼鸣,藤蔓挂在老树之上,像一条屈曲盘旋的苍龙。僧人关起山门,远离尘嚣,访客们的游兴却更加浓厚。

(撰稿人:倪春军)

枫泾

清·沈大成

冠盖通三浙①,枫溪旧有名②。
菱塍缘岸转③,蟹籪刺船鸣④。
宿草荒坟感<small>谓亡友蔡桐川</small>⑤,浮云倦客情。
夕阳看欲下,芦荻满秋声⑥。

沈大成

(1700—1771)

  字学子,号沃田,松江华亭(今上海松江)人。一生多次寄人篱下,晚年在扬州作幕僚。以诗古文辞知名江左,旁通百家之书,兼及天文、地理、算学、乐律等。著有《学福斋诗文集》。

● 题解与赏析

枫泾旧名白牛市,又名白牛村,宋代陈舜俞曾居于此。后人仰其清风,故名清风泾,后名风泾,到清代改名枫泾。

这是清代云间诗人沈大成途经枫泾时写下的一首五言律诗。诗歌首联交代枫泾的地理位置和悠久历史,这里不仅交通便利,而且闻名古今,是江南的一座繁华小镇。颔联具体描写枫泾的水乡美景:种植菱角的水田泥路曲折宛转,水中捕蟹的竹簖敲打着船舷。既有视觉的描写,也有听觉的感受,而一切又都与水有缘,体现了江南水乡的独特气质。颈联睹物思情,由景及人,一方面表达对亡友的沉痛哀悼,同时也抒发自己的羁旅愁思。尾联写夕阳西下,荻花瑟瑟,满腔的愁绪都融汇在一片秋声之中。诗歌描写枫泾,又不止于枫泾,将对亡友的深挚情谊和对自己的身世之感一起融入诗中,显得意蕴丰厚,含蓄深沉,感人肺腑。

● 注释

①冠盖:官吏的官帽服饰和车乘的顶盖,用以称达官贵人。

②枫溪:枫泾的别称。

③塍[chéng]:田间的小路。缘:沿着,顺着。

④簖:拦河插在水里捕鱼蟹用的竹栅栏。

⑤宿草:指墓地上隔年的草,用为悼念亡友之辞。蔡桐川:蔡以封,字铜川,嘉善人。著有《试策典要》《筏喻集》等。

⑥秋声:萧瑟的秋风声。唐代刘禹锡《西塞山怀古》:"从今四海为家日,故垒萧萧芦荻秋。"

● 今译

枫泾镇四通八达,客商往来,自古以来就远近闻名。这里的水田种满菱角,田间小路曲折宛转;这里的湖泊插满了捕蟹的竹簖,刮擦在船板上发出声响。城里有亡友蔡君的坟冢,墓前长满了杂草,触动了我对朋友的思念之情。抬头望去,天边的浮云又激起了我内心的羁旅愁思。远处的夕阳就要下山,眼前荻花瑟瑟,耳畔秋风萧萧。

(撰稿人:倪春军)

枫泾古镇一角

吴氏竹庄①

元·黄鲁德

千尺高榆绕竹庄,
清风亭上藕花香。
如何一旦遭兵燹②,
荒草寒烟怨夕阳。

黄鲁德

　　生卒年不详,元末诸生(秀才),枫泾人。诗才驰誉遐迩,江南一带名胜古迹多有其题咏。著有《黄鲁德稿》。代表作《武塘十咏》,刊载于《光绪嘉善县志》而流传于世。

● 题解与赏析

　　《吴氏竹庄》是黄鲁德《武塘十咏》之一，吟咏的是嘉善魏塘的乡土风情和名胜古迹。吴氏竹庄在浙江嘉兴市嘉善县魏塘镇，为元代大画家吴镇的侄子吴瓘居住的地方。吴瓘，约生活于14世纪中叶，字莹之，号竹庄老人，魏塘镇人。元代画家、诗人，多藏法书、名画。至正八年（1348）尝作"梅竹卷"。吴氏竹庄规模恢宏，里面有春波草阁、橡林精舍、笑俗陋室等建筑。有池陂数十亩，天然若湖。莹之尝买得《水殿图》，据图位置构亭水心，潇洒莫比。好事之徒欲闻官，亟重塑三教像于中，易其名曰"教堂"，人不可得而入矣。莹之卒后，竹庄遭兵燹而毁废。今无一存者。

　　首句描绘竹庄的外貌，诗中以千尺高榆来形容榆树的古朴高大，一个"绕"字说明了榆树的数量之多，此句显示出吴氏竹庄古木耸天、绿荫环抱的气势。第二句写竹庄的内景，湖中心的清风亭周围荷花盛开，清香沁人，风景优美。清风亭仅为竹庄中众多景观之一，那么吴氏竹庄内部的景色之美可想而知。前二句从竹庄的外观和内景着手，描绘竹庄之美。第三句笔锋一转，发出惊叹：为什么会遭兵燹？诗境即刻由盛变衰。结句承前面所叹的答案来了：美好的竹庄，如今却不幸遭受战火而毁废了。夕阳下的竹庄遗址，已是一派荒草寒烟，荒凉不堪。诗人用了一个"怨"字，非常有力，更是一种拟人化的表现手法，连夕阳都在怨竹庄的被毁，可见诗人心中的无比惋惜之情。

　　全诗浓墨写景，即景抒情，起承转合，一气呵成，体现了诗人擅长七绝的艺术风格。

元代画家吴瓘《古木竹石图》

● 注释

①吴氏竹庄：在浙江嘉善魏塘镇，元代画家吴瓘所居处，曾为嘉善县的名胜古迹之一，现已废。

②兵燹[xiǎn]：因战乱而造成的焚烧破坏等灾害。

● 今译

千尺高的榆树围绕着吴氏竹庄，清风亭上荷花盛开送来阵阵清香。美好的竹庄为何遭到兵火摧残，只剩下寒烟荒草诉怨的何止是夕阳。

（撰稿人：郁伟新）

三泖棹歌①

清·李宗海

阿侬生小狎江潮②③,
闲泛瓜皮过泖桥④⑤。
不识莼鲈风味好⑥,
夕阳收网理归桡。

李宗海

　　生卒年不详,字纯泉。南汇人,居周浦,清代贡生。著有《十洲仙馆诗钞》等。

● 题解与赏析

　　这是作者以"棹歌"形式撰写的一首关于三泖的诗歌。棹,本义为船桨,棹歌即船歌,指渔民在撑船、划船时候唱的渔歌,后演化为一种类似"竹枝词"的独特的诗歌体裁。棹歌的形式大都为七言四句体,内容多与地方的乡土风情有关,风格清新活泼,语言生动传神,具有浓厚的生活色彩和乡土气息。

　　起句作者自述从小生活成长在江湖,与江涛浪潮亲密无间。"狎",原义为亲近而态度不庄重或戏弄,用在这里使语句显得诙谐活泼。第二句意为作者在空闲之时经常划着瓜皮船经过泖桥。句中的瓜皮是指"瓜皮船",一种风格独特的小木船。作者巧用"瓜皮",使得语言生动有趣。第三句针对古诗中人们常说的莼羹鲈脍风味好,是江南水乡的特产,而诗人这里却偏说不知道其风味有多好,主要是为后一句作铺垫的。末句承前面一句,是说诗人不知道莼羹鲈脍之味,只知道太阳落山时收起渔网归舟回家。这一句表达的是作者沉迷江湖、自得其乐的一种生活态度。

　　全诗语言幽默生动,生活气息浓厚,显示了作者驾驭文字的才能和艺术风格特色。

● 注　释

①三泖:是指松江、青浦、金山至浙江平湖间相连的大湖荡。古代三泖分为长泖、大泖、圆泖。长泖后来淤涨成田,至清代只剩阔如支渠的水流;大泖早已淤塞,全部围垦为荡田,亦称泖田;圆泖则退化为宽阔的河道。
②阿侬:方言,古代吴人的自称。
③狎江潮:《上海历代竹枝词》载为"狎江湖",疑"湖"字有误。
④瓜皮:瓜皮船,俗称"划子"。即常见的手划船,一种风格独特的小木船。
⑤泖桥:位于金山区枫泾镇泖桥村,唐代时有石桥跨于长泖之上,故名。

泖桥集镇以桥得名,明洪武年间,设泖桥巡检司。

⑥莼鲈:指莼菜羹、鲈鱼脍,是江南水乡特产。有成语"莼羹鲈脍",意为味道鲜美的江南水乡菜肴;而"莼鲈之思"则用来比喻怀念故乡的心情。

今 译

本人自幼即与江潮亲密无间,空闲时经常划着瓜皮船经过泖桥。不知道莼羹鲈脍的风味有多好,太阳落山时收起渔网打点归棹。

(撰稿人:郁伟新)

游泖桥澄鉴寺

近现代·姚光

披棘寻碑无限情①,
我来凭吊叩柴荆②。
萧疏古木斜阳里,
几点寒鸦映水明。

姚光

(1891—1945)

  又名后超,字凤石,号石子,又号复庐。张堰人,为高燮之甥。11岁即能文,1907年考入上海震旦学校,后因病辍学,遂居乡读书、藏书、著书。宣统元年(1909)时,近代革命文学团体南社成立,姚光即首批入社。后又继柳亚子担任南社主任,有"前有柳亚子,后有姚石子"之称。姚光毕生好诗歌,虽为文化名流,于国家政治也极有见识。著有《姚光全集》《金山卫佚史》和《金山艺文志》等。

题解与赏析

泖桥，位于金山区枫泾镇泖桥村，唐代时有石桥跨于长泖之上，故名。泖桥集镇以桥得名，明洪武年间，设泖桥巡检司。澄鉴寺位于泖桥，唐代天宝六载(748)由僧人乃隆禅师所建，清同治元年（1862）毁于太平天国战火，同治九年(1870)僧春山修复。

《重修泖桥澄鉴寺记》碑文 陈继儒撰、董其昌书

现在寺已不复存在，仅剩两根高耸而古朴的"旗杆石"，被列为"金山区不可移动文物"。澄鉴寺曾有"陈继儒读书处""船子和尚载月钓鱼处"等名迹。遗存石刻有明代书画家陈继儒撰写、董其昌手书的《澄鉴寺碑记》，今由金山区博物馆收藏。

首二句记述作者当年怀着敬仰的心情来到澄鉴寺寻碑和凭吊先贤陈继儒的情景，此刻所见到的澄鉴寺几经兴废，所存者仅五楹，低小如农舍，周围荆棘丛生，已不复当年盛况。次二句描绘的是寺庙的宁静、寂寥、萧瑟的氛围，萧疏、古木、斜阳、寒鸦，都是古诗中对凄凉愁绪、迟暮秋景、萧瑟气氛所常用的语辞。如宋代辛弃疾的"晚日寒鸦一片愁"句；元代白朴的"孤村落日残霞，轻烟老树寒鸦"。作者通过"古木、斜阳、寒鸦"，渲染了澄鉴寺如今萧条凄凉的气氛，表达了对古寺的追怀和对先贤的思念之情。

注释

①碑：指明代书画家陈继儒撰写，董其昌手书的《澄鉴寺碑记》碑石，寺毁后，碑石犹在。几经周折，今由金山区博物馆收藏。

②柴荆：指用柴荆做的简陋门户，后借指村舍。

今译

怀着无限敬仰之情拨开荆棘来寻碑，敲开低如村舍般的寺门前来凭吊。古树在夕阳中显得多么萧条，几只寒鸦的身影在江水映照下分外鲜明。（撰稿人：郁伟新）

风泾定光寺赏荷①

明·贝琼

南风隔浦闻花气,菡萏红开十里花②。
宫女三更环白帝,洞庭千顷落明霞。
凿池不待烦灵运③,载酒浑疑过若耶④。
何日与君追胜赏,满船明日唱吴娃。

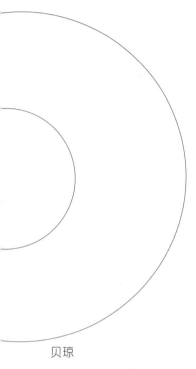

贝琼

(1314—1379)

  字廷臣,别号清江,浙江海宁人。元末明初文学家。元末乱世时曾寓居华亭胥浦乡(今金山区)一带。贝琼从杨维桢学诗,取其长而去其短;其诗论推崇盛唐而不取法宋代熙宁、元丰诸家。文章冲融和雅,诗风温厚之中自然高秀,足以领袖一时。著有《清江贝先生集》《清江稿》《云间集》等。

● 题解与赏析

　　这是诗人与朋友在定光寺观赏荷花后所写的诗作。诗前有小序："风泾定光寺周回三里皆荷花,仿佛有钱塘西湖之胜,与筠谷高士同赋。"定光寺也名定光庵,在枫泾镇定光塘旁。后汉乾祐元年(948)建,清咸丰十年(1860)毁於战火。定光塘是枫泾市河,以定光寺得名。当时,这条河水面开阔,周围数里都是荷花,景色宜人,吸引游客纷纷前来观赏游览。

　　首联形容荷花的香味之浓烈,南风吹来,隔河就能闻到花香。又看到定光塘中荷花很多,仿佛延绵十里之长。颔联用"宫女环白帝、洞庭落明霞"来进一步描绘荷花绽开的盛况。颈联用谢灵运凿池引水植白莲的典故和王安石《若耶溪归兴》"若耶溪上踏莓苔,兴罢张帆载酒归"的诗句,来渲染此处莲花盛开的氛围和形容赏荷游览的兴致。尾联说哪天再和你一起欣赏这美景,那时船上都是唱歌的吴地美女,表达了诗人赏荷后余兴未已的心情。

　　全诗用词典雅,景色恬静优美。值得一提的是,诗的题目是"赏荷",而诗中未见"荷"字,感觉上却满篇皆与"荷"有关,这是诗人艺术技法的高明之处。

● 注　释

①定光寺:也称定光庵,在枫泾定光塘旁。
②菡萏:荷花的别称。
③灵运:谢灵运(385-433),原名公义,字灵运,南北朝时期诗人、佛学家,曾在庐山凿东、西二池种植白莲,与慧远等结白莲社。
④若耶:若耶溪,会稽(绍兴)一条古老的溪河,溪畔青山叠翠,溪中流泉澄碧,两岸风光如画,引历代文人雅士流连忘返。

● 今　译

　　南风吹来隔河都能闻到花香,河中红红的荷花延绵十里长。犹如宫女环绕在白帝周围,又像千顷洞庭湖水倒映着落霞。凿池种植白莲不用烦劳谢灵运,载酒游览仿佛经过若耶溪。哪天再与你来欣赏这美景,那时满船都是吴地美女在唱歌。

(撰稿人:郁伟新)

过枫泾

明·瞿佑

雨余新绿涨横塘①,
红板桥边矮粉墙②。
知是清明时节到,
秋千一架倚垂杨。

瞿佑

（1347—1433）

字宗吉，号存斋。钱塘人，元末明初文学家。幼有诗名，为杨维桢所赏。洪武年间，历任浙江仁和训导、临安教谕等职。永乐年间，因作诗获罪，谪戍保安十年。洪熙元年（1425）获赦，逾三年官复原职。后归居故里，以著述度过余年。著有《存斋诗集》《香台集》《咏物诗》《归田诗话》《剪灯新话》《乐全集》等20余种。

题解与赏析

《过枫泾》一诗，是诗人坐船路过枫泾时所作，描绘了水乡枫泾虹桥湾一带的民情风俗。

起句是说刚下过雨的春水涨得河流满满的，垂柳倒映在水中，与水一起绿得可爱。诗人用一个"涨"字写出水的动态，一个"绿"字道出春的信息，非常生动。第二句写诗人一眼望去，河上有座叫瑞虹桥（亦称虹桥）的平板石桥，岸边有粉墙黛瓦的民居，桥、民居与绿色的春水和垂柳构成了一幅色彩鲜明、风光旖旎的图画。第三句点出了季节，一个"知"字，流露出诗人的感受，清明到了，万物呈现出蓬勃生机。最后一句说古代枫泾在清明时节有荡秋千、踏青等风俗，这里虽未直接写人，但处于景物中心荡秋千的人物已跃然纸上。枫泾虹桥湾，古代时建有很多私家花园，是名门望族的聚居地。诗中仿佛看到有一群丽姝佳人在花园里荡着秋千，透过垂杨，轻盈的笑声扑面而来，让诗人更加感受到春天的气息和生命的活力。全诗用词精炼、语言生动、构思巧妙，令人回味无穷。

清代枫泾诗人沈蓉城读了瞿佑的诗后，给予很高评价，并赋诗赞曰："秋千架傍瑞虹桥，节届清明丽景饶。记得横塘吟好句，钱塘曾有客移桡。"

枫泾瑞虹桥

● 注 释

①横塘：古堤名，一在南京秦淮河南岸，一在江苏吴县西南，因风景宜人而闻名。又泛指水塘。如唐代温庭筠《池塘七夕》诗："万家砧杵三篙水，一夕横塘似旧游。" 宋代陆游《秋思绝句》："黄蛱蝶轻停曲槛，红蜻蜓小过横塘。" 诗人这里指的是枫泾的市河。
②粉墙：指粉墙黛瓦，即雪白的墙壁，青黑的瓦，是江南民居的特色。

● 今 译

雨后清新嫩绿的春水涨满了市河，平板桥两边尽是那粉墙黛瓦的民居。知道清明季节到了大自然生机勃勃，美人们荡着秋千依傍着垂杨。

（撰稿人：郁伟新）

由西塘抵枫泾

清·查容

芦荻风多飐雨凉①,
渔村历历似潇湘②。
波涛十里横塘路,
鸦背西来带夕阳。

查容

(1636—1685)

　　字韬荒,号渐江。明末清初海宁人,朱彝尊表弟。性好游,以布衣终。工诗文,精史学,长于诗论。曾被吴三桂邀为上宾,因察吴三桂有叛心,佯醉骂座而走。后客游于楚,卒于长沙之攸县。室名曰"尚志堂"。著有《尚志堂文集》《江汉集》《渐江词》《查韬荒七言律诗》等。

● 题解与赏析

　　西塘，即浙江嘉善县西塘镇，位于枫泾西明宣德年间，枫泾以镇中市河为界，南属浙江嘉善县，北属江苏松江县。这是诗人从西塘乘船抵达枫泾时所写的一首诗，描写了清代枫泾古镇的水乡风情。

　　首句写诗人乘船而来，看到芦荻在秋风中摇曳，秋雨过后给人带来一丝凉爽的感觉。次句写枫泾西栅定光塘一带原有很多捕鱼人家聚居，景象就像潇湘两岸。诗人此时所见竹帆林立，渔村历历，景致优美，令人难以忘怀。第三句中的"波涛十里"是虚指，用来赞美河流很长和河水很急；横塘，是古堤名，一在南京秦淮河南岸，一在江苏吴县西南，因风景宜人而闻名。后人又泛指水塘，这里指的是枫泾定光塘，是一条比较开阔的河流。第四句话用宋代诗人贺铸"鸦带斜阳投古刹"的诗句，写出了黄昏时万物栖止的典型场景和落日斜晖的迟暮之感。结句以"鸦背西来带夕阳"描述了一轮红红的夕阳之下涌动着群飞的乌鸦，形成了一种动感。而此时的夕阳又犹如驮在鸦背之上，红、黑的色彩和明、暗的反差，加上那种动感，组成了非常壮美的图案。这种壮美透着诗意，充满着力量，拓宽了诗人的心胸。

　　全诗以芦荻、渔村、横塘、夕阳为背景，描绘出一幅美丽的水乡渔村图画，真切地表达了诗人对枫泾由衷的赞美。

● 注　释

①飐：风吹颤动摇曳的样子。唐柳宗元诗曰："惊风乱飐芙蓉水，密雨斜侵薜荔墙。"
②潇湘：潇，指湘江最大支流潇水，因水流清绿幽深而得名。湘，指湖南省最大的河流湘江。

● 今　译

　　秋雨后芦荻在风中摇动令人倍感凉爽，眼前的渔村美得仿佛是潇湘。水路通达的定光塘水面波澜壮阔，西来的飞鸦群影在夕阳下气势磅礴。

（撰稿人：郁伟新）

枫泾若帽荡风貌

咏白牛塘①

清·唐天泰

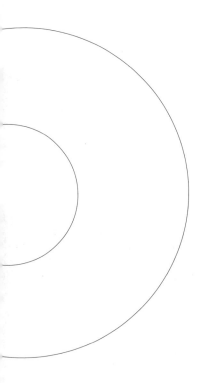

芙蓉三里水②,
香绕白牛村③。
犹有幽居者④,
花时独闭门⑤。

唐天泰

　　生卒年不详。字玉如,清代华亭人。学问渊博,然屡次应试未能中举。此后放弃科举,设馆授徒而终其一生。闲暇时专心著书立说,著作丰富,但大都已散失,唯有作于道光十年(1830)的《续华亭百咏》流传于世。

● 题解与赏析

这是清代唐天泰诗作《续华亭百咏》之一，诗中通过对白牛塘荷花的描述，着重歌咏宋代名士陈舜俞，是一首怀古崇贤的诗篇。

陈舜俞（1026—1076），字令举，号白牛居士，宋庆历六年（1046）中进士，嘉祐四年（1059）获制科第一，曾任屯田员外郎，知山阴县。因反对"青苗法"被贬，隐居于枫泾白牛村。著有《都官集》《庐山纪》等。生前与欧阳修、苏东坡、司马光等交往甚密，故世后，司马光为其写吊诗，苏东坡曾哭祭其殡，祭文中称他："学术才能兼百人之器。"

首句描绘了古代枫泾的地域环境特色。枫泾因水网密布，地多小圩，形似荷叶，最早称为"荷叶地"；后因盛产荷花而别称"芙蓉镇"，故诗中称为"芙蓉三里水"。第二句中的白牛村是宋代时枫泾的地名，因周边荷花遍布，花香浓郁，故以"香绕白牛村"谓之。前二句主要是写景，诗人用荷花描写古代枫泾美丽的景色，但都是作为铺垫，最终还是为了衬托陈舜俞的高尚品格。诗的后二句重点是写人物，第三句从写景转为写人，其中一个"犹"字突出了诗人对幽居者的惊叹。在这么美丽的环境中，竟然住着这么一位隐士（幽居者）。末句写在这荷花盛开的季节，人们都去赏花观景，寻欢作乐，而只有陈舜俞能静下心来，独自闭门在家中。诗人用这个"独"字来体现出他的与众不同。那么陈舜俞他独自在家在干什么呢？是在闭门著书立说，其所撰的《都官集》等很多传世文章都是那个时期写的。作者在诗中高度赞扬了陈舜俞的高风亮节，表达了对这位先贤的由衷钦佩。

全诗虽然短小，但紧凑精彩，用词精炼，含意深刻，不失为短诗中的佳品。

● 注释

①白牛塘：枫泾的母亲河。原诗有注："白牛塘其源自当湖来，过雪水泾至枫泾，为三泖西界之水。"

②芙蓉：枫泾因多荷花，别称"芙蓉镇"。

③白牛村：枫泾古代村落名，北宋名士陈舜俞隐居白牛村，自号白牛居士。

④幽居者：幽然隐居的人，这里是指陈舜俞。

⑤花时：荷花盛开的季节。

● 今 译

数里长的河道中遍布着荷花，阵阵清香围绕着白牛村。竟然有一位幽然隐居的人，面对如此花景却独自闭门。

（撰稿人：郁伟新）

枫泾的母亲河——白牛塘

晚晴泊枫泾

清·夏曾佑

晚霁孤帆落[1],江天成薄凉。
残红连远树,归鸟艳斜阳。
潮长芦根短,云开客路长。
平芜何处尽[2],应是接钱塘[3]。

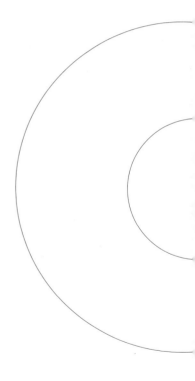

夏曾佑

(1863—1924)

字遂卿,一作穗卿,号别士、碎佛,笔名别士,浙江杭州人。进士,授礼部主事。近代诗人、历史学家、学者。他对今文经学、佛学有精深的研究,对乾嘉考据学和诗文有相当的素养。清光绪二十三年(1897)在天津与严复等创办《国闻报》,宣传新学,鼓吹变法;后致力于中国古代历史的研究,用章节体编著《最新中国学》《中国历史教科书》,后者重版时改名《中国古代史》。民国时,任教育部普通教育司司长,后调任北京图书馆馆长。

● 题解与赏析

　　这是作者乘船从杭州到枫泾时所写的一首五言律诗，描绘了泊船枫泾所见的乡土风貌，由此抒发了诗人对故乡的思念。

　　首联写傍晚的时候，一阵大雨停了，天空又放晴了，一艘孤零零的小船落下帆杆将靠岸停泊，水边的天气带着丝丝的凉意。第二联写远处的群树掩映在红红的晚霞中，有飞鸟卷归而来，映着西下的阳光，显得格外的艳丽。前面二联主要描写实景，有王勃《滕王阁序》"落霞与孤鹜齐飞，秋水共长天一色"之意。诗人用"晚霁""孤帆""江天""远树""归鸟"，画出了一幅壮阔的枫泾水乡风情图，给人以美的享受。第三联写近处，伴着涨起的江潮，芦苇逐渐淹没水中，而诗人却以芦根越来越短来体现潮水在增涨。远看，随着天晴后云雾渐渐散开，视野拓开了，但诗人的感受却是身在客地，回望家乡之路，显得更加遥远和漫长。末联紧连前面的回望，草木丛生的平旷原野何处是尽头呢？要知道枫泾之水是连着钱塘江的，连着诗人的家乡杭州城啊。后二联主要借景抒情，由于用了"客路长""接钱塘"，思恋故乡之情便跃然纸上。全诗用词精炼，景色如画，情景交融，颇耐咀嚼。

● 注　释

①晚霁：谓傍晚雪止或雨停后天气放晴。
②平芜：草木丛生的平旷原野。
③钱塘：钱塘江，这里指杭州。

● 今 译

　　傍晚雨后放晴之际一条孤舟落下船帆泊岸，水边的天气带着丝丝的凉意。远处的群树掩映在红红的晚霞中，有飞鸟背着夕阳归来显得格外的艳丽。近看芦根随着涨潮逐渐淹没在水中，远望天晴后云开雾散足以拓开视野。平旷的原野何处是尽头呢？要知道枫泾的水应该是连着故乡钱塘江的啊。

（撰稿人：郁伟新）

清风泾图

枫泾道中

近现代·彭鹤濂

烟树迷蒙野菜黄,
眼前风物似西塘①。
数声布谷雨初过②,
新绿一村人未忙。

彭鹤濂

(1914—1996)

  名天龙,字松庵,号棕槐室主人,金山朱泾人。幼承家学,雅好吟咏。1936 年毕业于无锡国学专修学校,是国学家钱基博的学生,也是陈石遗的弟子,并与钱钟书(钱基博之子)结为好友。他曾担任金山县中校长、金山图书馆馆员等。著有《棕槐室诗》《棕槐室诗续集》和《棕槐室诗话》等。

● 题解与赏析

　　这首诗是作者在清明季节去枫泾扫墓踏青时所作,生动反映了春日枫泾的风土乡情。

　　首句意为春回大地之际,田陌河岸的柳絮随风飞扬仿佛细雨濛濛轻烟缭绕,田野中菜花正黄。这个"黄"字用得很妙,既色彩鲜明,又切中时令。诗人在起句细致地描绘了清明季节枫泾农村的景色。第二句说眼前悦目的风景有点像西塘。西塘与枫泾都是江南水乡,同为千年古镇,确实比较相似。诗人以西塘来衬托枫泾,也便于人们去想象。第三句写景状物之后,诗人笔锋转入议叙,提到细雨刚刚停息,布谷鸟在欢快地叫着,告诉人们春天来了。值得一提的是,这鸟的叫声听起来很像"布谷",仿佛是催促村民们该去耕地播种了。这里利用布谷鸟一语双关的含义,构思非常灵巧。第四句说虽然布谷鸟在催促播种,但让诗人奇怪的是新添绿色的村庄里并没有看到人们在忙。这句话令人回味,也给读者留下了广阔的想象空间。

　　全诗构思新颖,词语朴实,格调清丽绝俗,体现了诗人七言绝句的特色。

● 注　释

①西塘:西塘镇,属嘉善县,为六大江南古镇之一。与枫泾同为吴越文化的千年水乡古镇。

②布谷:鸟名。布谷鸟不停地欢叫,代表春天来了,是吉祥的征兆,而叫声又很像"布谷"二字,仿佛是要催促村民快点去耕地播种。

● 今　译

　　柳树轻烟迷蒙而田野中菜花正黄,眼前悦目的风景有点相似西塘。布谷鸟欢叫声中春雨刚刚停息,新添绿色的村庄没看到人们在忙。

(撰稿人:张锦华)

枫泾市河

清风泾①

清·柏古

升阜采嘉卉,何必伯夷薇②?
涉水钓鲜鲤,何必子陵矶③?
心远隔尘域,崔嵬践危机④。
绸缪因牖户,雨细花芳菲。
种秫造浊醪⑤,织布完春衣。
率性全真趣,舍此安适归?

柏古

(约1629—?)

  字斯民,号雪耘老人,又自称白牛牧人,枫泾镇人。清康熙时诸生,工诗文、善书画,喜天文,尤好游历山水。他的诗古淡清雅,书法学米芾,山水兼学米友仁、高克恭,都有较高成就。著有《雪耘诗集》等。宅第在枫泾薇枝浜,后人为纪念他称其地为"柏古庄",延用至今。

● 题解与赏析

　　题目"清风泾"即枫泾，这是作者赞美枫泾的一首五言诗。一、二句意为在清风泾也能登土山采花草，何必要像伯夷那样在首阳山采薇？三、四句承上展开，意为在这里也能趟水垂钓到鲜美的鲤鱼，何必要学严子陵在富春江钓鱼？诗人的意思很清晰，就是告诉人们，枫泾也是隐居者的乐土。第五、六句承上所言，重在说理，认为只有心态放平才能远离世俗尘埃，开阔的胸怀能化解灾祸或危险。第七、八句用未雨之前修缮好门窗，细雨中的花开更加五彩缤纷，来阐述凡事预则立和磨难中更有成就的道理。第九、十句说的是自种高粱酿酒，自家织布缝制春衣的生活状况。末两句顺着本性才能体会道家所倡导的真趣，舍弃本性和真趣哪里还有更合适的归宿呢？

　　全诗构思缜密，论说有力。虽然连用"伯夷""子陵"典故，但并不晦涩难懂。品味诗作，让人充分领略到枫泾古镇蕴藏的魅力。

● 注　释

①清风泾：宋代陈舜俞隐居白牛村，后人感其高风亮节，改称"清风泾"，今为枫泾。

②伯夷：商末孤竹国人，为躲避继承君主位，逃往西岐隐居。后来天下宗周，伯夷耻食周粟采薇而食，直至饿死首阳山。

③子陵：严光，字子陵。会稽余姚人，东汉著名隐士。刘秀即位后，多次延聘严光，但他隐姓埋名，隐居富春山，垂钓度日。子陵矶，即严子陵钓鱼台。

④崔嵬：形容高峻，高大雄伟的物体。

⑤秫：即高粱，可酿酒。浊醪，即浊酒。

枫泾人民桥（原名柏家桥，清柏古所建，桥西有柏古宅）

今 译

　　登上土山也能采集到美丽的花草，何必要像伯夷那样隐居在首阳山采薇。趟着河水也能垂钓鲜美的鲤鱼，何必要学严子陵隐姓埋名在富春江钓鱼。心态放平才能远离世俗尘埃，雄伟开阔的胸怀方能化解灾祸与危险。未雨之前做好准备修缮好门窗，细雨中的花开更加五彩缤纷。自己种植的高粱能酿制好酒，自家织成的布能缝制完好的春衣。顺着本性就是道家倡导的理念，舍弃这里哪儿有更合适的归宿呢。

（撰稿人：张锦华）

咏白牛镇[1]

清·金景西

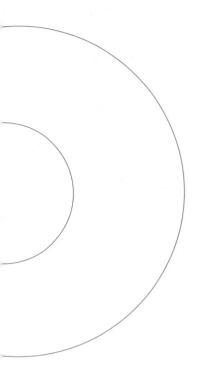

白牛塘上酒旗中，南北长桥卧彩虹。
烟寺晓钟蕉叶雨，水楼晴槛落花风。
衣冠文物声名蔼，舟楫鱼盐利泽通。
东望云间酬二陆[2]，举头南向酹宣公[3]。

金景西

　　生卒年不详。清代嘉兴人，善诗，但存世不多，目前能见到的还有一首描写枫泾南镇的《唐庄泾》诗。史载其有《嘉禾八景》诗。

● 题解与赏析

这是一首浓墨重彩歌咏枫泾古镇的七言律诗，展现了清代枫泾的风土人情和自然风光，写出了古镇经济繁荣和人文底蕴深厚的特色。

首联展开了一幅枫泾版《清明上河图》。远望白牛塘上挂满了五彩的酒旗，显示出古镇的人鼎盛兴旺。南北镇的河道上，横跨着许多古桥像美丽的彩虹。开篇即生动描绘了枫泾的商贸兴隆之景，也写出了枫泾河多、桥多的水乡特征。颔联画面换个角度，见到的是古镇寺庙遍布、楼台林立。清晨烟雾燎绕的寺庙传来钟声，更美的是翠绿的芭蕉叶上滴满了雨露。沿着市河都是枕水人家，粉墙黛瓦，显示出江南水乡民居的风格。风儿带着落花飘过傍水的楼台，显得那么风情万种。颈联由写景转入议叙。枫泾历来科举兴盛，人才辈出，被称为"衣冠文物之乡"而声名远扬。古镇地处江、浙交界，交通便利，客商云集，经济繁荣。尾联说从枫泾东望是松江，有先贤陆机、陆云弟兄，应向"二陆"举杯表达敬意；南向陆庄是唐代名相陆贽故里，理应持酒祭奠陆宣公。诗人以纪念"二陆"和"宣公"结尾，表达了他对先贤的敬意和对枫泾的赞美之情。

全诗对仗工整，语言优美，构思精巧，景象鲜明，是一首歌颂枫泾的好诗篇。

● 注释

①白牛镇：元代至元十三年（1276）易市为镇，后改枫泾镇。

②云间：松江古称华亭，别名云间。酬：意为向客人敬酒。晋代华亭人陆机、陆云弟兄，皆以文才名重一时，史称"二陆"。

③酹：把酒浇在地上表示祭奠。宣公：指唐宰相陆贽，枫泾陆庄人，卒后谥"宣"，后世尊称为陆宣公，陆庄在南镇。

● 今 译

　　白牛塘上挂满了五彩缤纷的酒旗，南北镇市河横跨的古桥像美丽的长虹。烟雾寺庙清晨钟声还有芭蕉叶的雨珠，枕水的楼台有落花随着风儿飘过。乡邑因科举鼎盛人才辈出而声名远扬，舟船穿梭鱼盐交易促进商贸繁荣。东望着云间举杯向"二陆"先贤表达敬意，抬头南向持酒来祭奠陆宣公。

（撰稿人：郁伟新）

枫泾三桥

朱泾篇

同友人登朱泾天空阁晚眺

清·朱栋

三层杰阁壮琳宫①,转蹑丹梯出碧丛②。
滩上推篷风景异,湾头落照古今同。
峰堆西北天疑补,海到东南地亦空。
如此山川如此客,好将彩笔纪层穹③。

朱栋

(1746—?)

　　字木东,号二垞。祖籍徽州婺源(今属江西),寄籍江苏金山(今属上海)。自称朱熹后人,随祖上迁居于此。曾编纂《干巷志》《朱泾志》,诗有《二垞诗稿》。

● 题解与赏析

　　法忍寺，本名建兴寺，北宋治平元年（1064）改名，俗称西林寺，在朱泾镇新木桥北堍。据元代徐硕编纂的《至元嘉禾志》记载："法忍院在府西南三十六里朱泾，考证即船子和尚覆舟处。唐咸通十年建，本名建兴院，宋治平元年赐今额。寺有船子和尚、夹山善会禅师遗像，至今祠焉。"元末兵乱，寺庙被毁，清康熙年间重建，有天空阁、船子道场、雨花堂、澄心堂等名胜。

　　这是清代乾隆年间朱泾文人朱栋登法忍寺天空阁时写下的一首七律。诗的首联叙述登阁过程，表现楼阁高耸壮观。中间两联，描写登阁所见山川美景。滩上的小舟，湾边的落日，西北的山峰，东南的大海，远近高低，四处美景尽收眼底。尾联抒发赞美之情，景美人美，诗美情美，自然天成。全诗视野开阔，气象宏伟，时空交错，情景交融，一次美好的登游经历跃然纸上。另据朱栋《得会昌碑记》记载："嘉庆辛酉（1801）四月二十七日，朱泾法忍寺天空阁毁于火，余时舣舟寺畔。"嘉庆初年的这场大火烧毁了天空阁，幸有朱栋的诗篇留存，以为永远的纪念。

● 注　释

①杰阁：高阁。琳宫：本义指仙宫，这里代指天空阁。
②蹑：踏。
③彩笔：词藻富丽的文笔。《南史·江淹传》："（淹）尝宿于冶亭，梦一丈夫自称郭璞，谓淹曰：'吾有笔在卿处多年，可以见还。'淹乃探怀得五色笔一以授之。"

● 今　译

　　三层高阁让法忍寺倍添雄壮，（见到它要）转过红色的楼梯，走出绿色的树丛。钓滩上的篷船风景奇异，落照湾的夕阳倒映着古今相同的景色。西北的山峰像要补天一样，大海流到东南地势豁然开阔。这样的山河这样的游人，正好用妙笔把美景记录下来。

（撰稿人：倪春军）

拨棹歌①

唐·船子和尚

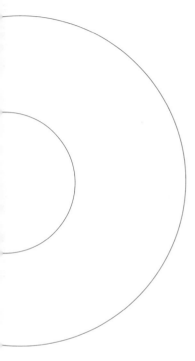

千尺丝纶直下垂②，
一波才动万波随。
夜静水寒鱼不食，
满船空载月明归。

船子和尚

　　生卒年不详。法号德诚，唐代诗僧，四川武信人。受法于澧州药山弘道俨禅师，尽道30年。离药山后，隐居于华亭朱泾、枫泾一带。他飘然一舟，接渡四方来者，垂钓作诗，随缘度日，人称"船子和尚"。一日，与夹山禅师相遇于朱泾，遂传授平生佛理心得后覆船入水而逝，事迹震动佛界和文学界。咸通年间，僧人藏晖在他覆舟的地方建寺（遗址在今西林中学北），称建兴寺，也称法忍寺，俗称西林寺。船子和尚著有《拨棹歌》39首，其内容多是反映渔夫生活并寓以佛理。如今这些诗歌的刻石在朱泾镇船子缘公园。

● 题解与赏析

这是诗僧以垂钓来阐述禅理的一首七言绝句,为其舟楫飘然于金山朱泾一带时所写。诗中生动地描绘了垂钓过程,同时抒发了求道过程中的种种曲折与心得,体现了深厚的禅学造诣。

首句表明钓者稳坐钓台居高临下的形态,千尺丝纶,比喻钓丝很长。此句同时也寓意求道之深切的用心。第二句描绘垂钓丝纶入水激起一轮波纹,以钓线为圆心向四周层层荡开,犹如万波相随,同时比喻求道过程中的种种曲折与心得。第三句是说宁静的夜晚水很寒冷,鱼儿不肯吞吃鱼饵。同时以鱼的深藏不露比喻道之难求。第四句意为既然鱼不可钓得,那就收竿而去。此刻没有鱼的空船,却有明月之光洒满船舱,也可以说是满载而归。结句比喻道之光华圆满,并留下了许多回味。

该诗对垂钓景况描绘得生动传神,采用了动、静结合的手法,营造出一种万籁俱寂的宁静氛围,既是对月夜垂钓的真实写照,又暗示出佛家禅定的最佳境界,使得钓趣与禅境紧密相关。船子和尚常年生活在船上水边,惯于以鱼喻道,以垂钓寓禅机,此诗即为其代表作之一。全诗语言简明,意境深远,颇有启迪。

● 注释

①拨棹歌:唐代僧人船子和尚撰,最早由宋人吕益柔收集《拨棹歌》39首,于北宋大观四年(1110)刻石于枫泾海慧寺得以传世。其内容多是反映渔夫生活并寓以佛教哲理,对于研究唐代文学、佛学具有重要的学术价值。
②丝纶:钓鱼的丝线。

● 今译

千尺长的钓鱼丝线高高地往下垂,入水时激起一圈波纹向四周荡起如万波相随。宁静的夜晚水很寒冷鱼儿不肯吞吃鱼饵,没钓到鱼的空船载满了明月而归。

(撰稿人:郁伟新)

行嘉善道中宿朱泾

明·陆宝

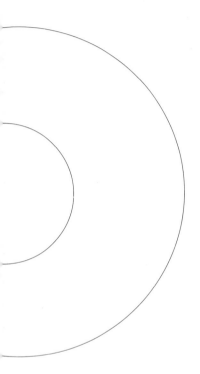

春潮覆草半江青,
长水分涂客未经①。
少理蚕丝多织布,
百家烟火傍朱泾②。

陆宝

　　生卒年不详。字敬身,明末浙江鄞县人,由太学生官中书舍人。清顺治元年,于鄞县起兵反清,倾家输饷,兵败遁去,久之归。有《悟香集》《霜镜集》。

● 题解与赏析

　　朱泾地处太湖流域东南端，自秦汉始，行政归属历经变迁，先后隶属海盐、胥浦、前京、盐官、嘉兴、华亭、娄县等。朱泾于唐代成集市，传说高僧船子曾居此。唐代以降，先后建法忍寺和东林寺，香火渐盛，经济繁荣。元曾置大盈务（专管贸易、税收）于朱泾，到明清时，手工纺织业盛极一时，名闻遐迩。这首诗就是当时朱泾地区纺织业繁荣的真实写照。诗第一句写景，言春潮涨起来时，覆没了两岸水草，以致看上去半江青碧，赏心悦目。这一句借景抒情，暗示了诗人航行中愉悦的心情。第二句叙事，言诗人历经水路长途，分道而抵朱泾，却是此前所未曾客行途径之地。这一句看似平淡无奇，却也暗暗透出几分初到朱泾时的欣喜、恬悦之意。三、四句笔锋一转，把关注的焦点从自然景致转而投向"百家烟火"。朱泾历来是纺织业发达的地方，诗人偶经此地，被两岸灯火通明所吸引，自然而然就联想到百家万户应该都是在挑灯夜战，勤勉纺织了。就是在这样一片祥和的"人间烟火"中，诗人欣然靠岸，打算寄宿一晚。虽说旅途多劳顿，客居常寂寥，不过诗中却没有流露一星半点的消极情绪，反倒流露出一种轻松畅快的感觉。诗清丽流转，读来惬意。

● 注释

①分涂：即分途，犹分道，分路。
②傍［bàng］：靠近，临近。

● 今译

　　春来潮涨覆没了两岸水草，看上去是半江青碧，漫长水路快到朱泾时才分开，却是客行中未经之地。这里丝绸业并不繁荣但纺织业却非常发达，我在百家灯火中泊船靠岸，打算停驻一宿。

（撰稿人：张锦华）

朱溪竹枝词

清·程超

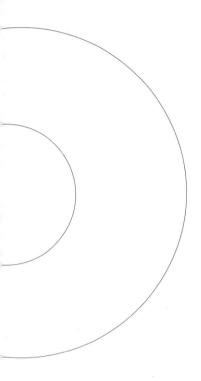

鳞比人家纺织勤，
木棉花熟白于银。
邻家买得尤家锭①，
缫出丝丝胜绮纹②。

程超

　　生卒年不详。字器之，号山村，金山朱泾镇人。博雅工诗文，清乾隆三十三年（1768）举人。著有《山村诗稿》。

● 题解与赏析

　　经过大浪淘沙而留存至今的文人竹枝词，对于研究明清两代的区域文化，具有极为重要的史料价值。诗题"朱溪"是朱泾别称。由诗题可知程氏竹枝词以记录朱泾一方风土人情为题材。

　　朱泾纺织业在历史上曾经辉煌一时，前述明陆宝《行嘉善道中宿朱泾》诗，就真实反映了当时盛况。这首诗则在写法上有别于前者，入笔即直述其事，道出朱泾地区当时从事纺织业的人家之多（鳞比），人们勤勉织布的情景如在眼前。第二句承前句，描写木棉花成熟季节，雪白胜银。"棉花白于银"云云，语言俚俗平淡，却见喜悦。诗中所谓"木棉花"，即指江南盛产的棉花，与岭南的"木棉"不是一回事。棉花属木槿族。诗人为音韵的协调计，称其为"木棉花"，似无不妥。两句足见丰收的喜悦。诗的三、四句写邻家买来尤家的锭子，缫出的棉线所织就的布匹，其花纹甚至超过了丝织品的绮丽花纹。这一句看似言过其实，不过若见过朱泾乃至周边市镇所遗存的土布，方知一点也不夸张。花纹繁复美丽的土布，在金山已贵为"非遗"。这里顺便提一下，明清时因为纺织业的兴盛，朱泾和周边市镇的纺织机械制造，也得到了长足发展，其铁制锭子的质量远近闻名。诗中所谓"尤家锭"，应该是其中颇负盛名的一家吧。诗人以诗笔记录和描摹乡土经济的繁荣昌盛，可记一功。

● 注　释

①锭：即锭子。纺织机件。
②绮纹：美丽的花纹。

● 今　译

　　鳞次栉比的纺织人家正勤勉地劳作，雪白的棉花简直比白银还要白。邻居家买来了尤家产的铁锭子，缫出的棉丝能织出比丝织品的花纹还要美的棉布。

（撰稿人：张锦华）

松江竹枝词（其三）

清·黄霆

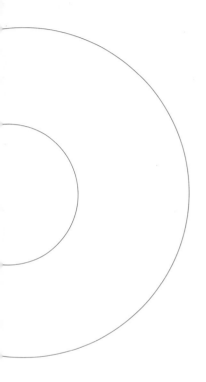

杨花落尽细林山，
炎气初蒸落照湾。
笑说释迦生降日①，
更无汤饼送人间②。

黄霆
　　见《新城篇》，此处略。

● 题解与赏析

　　黄霆《自序》称其百首《松江竹枝词》乃于一日夜咏成，如是事实，则算得上捷才。再俚俗之词，能日成百咏，殊为不易。诗的一、二句成对举之势，一写细林山（即今松江辰山）上杨花落尽，二写落照湾（在朱泾）炎气初蒸，都是出春入夏之际的风物变化。诗人之能观善感和捕捉细节的本事于此可见。交代时节变化，诗人总不屑直来直去，他们更愿意借助客观的物候易变来婉转地传达，既显得具体可感，又显得诗思绵邈。"细林山"与"落照湾"，虽相去不远，总也还是各处一地、两不相见的景致，诗人却用他擅长的"挪移"之术，硬是让它们同在一首诗里，正如画家们常令不相干的江山湖海融于一个画面一样。"竹枝"小词，居然也可以写出阔大的意境，也算难得。所谓"咫尺千里"，大抵如此。诗的三、四句，则于"笑说"中似有暗讽。阴历四月初八，为释迦牟尼诞生日。"汤饼"，即面片汤，面条之一种。纪念释迦诞日，理应人人可得饱食，方显我佛慈悲，可是却没有"汤饼"送人间，似暗示年成歉收之意。

● 注　释

①释迦生降日：佛祖释迦牟尼生于阴历四月初八。
②汤饼：面片汤，面条的一种。

● 今　译

　　辰山上的杨花纷纷扬扬落尽，落照湾的炎热之气刚刚蒸腾。笑谈适逢释迦牟尼佛诞生日，却没有一碗面片汤送达人间。

（撰稿人：张锦华）

朱泾

清·赵慎徽

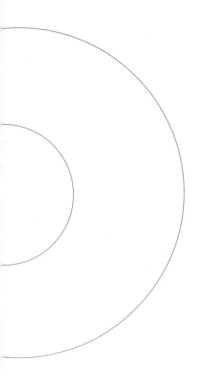

万家烟火似都城,
元室曾经置大盈①。
估客往来都满载②,
至今人号小临清③。

赵慎徽

生卒年不详。字旅公,诸生,清初金山朱泾人。

● 题解与赏析

朱泾地处太湖流域碟形洼地东南端,属湖积平原。秦汉时属海盐县。南北朝梁武帝时先后属胥浦县和前京县。隋代属盐官县。唐初又属海盐县,其间三次归属嘉兴县;天宝十载(751)从海盐县划出,归华亭县。清顺治十三年(1656)从华亭县分出,归娄县;雍正四年(1726)建金山县。朱泾在唐代已有集市,诗僧船子曾在此拨棹。后人为纪念船子和尚,建法忍寺。唐宋以来,海内高僧和文人墨客来此寻访船子遗迹络绎不绝。元代建东林寺,皇帝赐住持元智为"佛日普照大师",并敕赐今名。朱泾因两大名寺而名声大振,往来人流日多,经济更趋繁荣。元置大盈务(专管贸易、税收)。明清时期,手工纺织业盛极一时,为松江府纺织业中心的重要生产和集散地之一。

这首诗首句就以"万家烟火"指称朱泾,并夸张地以都城相比,足见彼时此地的繁荣。次句干脆以大白话直陈元代曾在朱泾设置大盈务的事实,来佐证这种繁荣并非诗人的想象之词。以诗的标准来看,这样的表达还是过于落实了,散文化倾向严重,了无诗味。三、四句几乎要把这种散文化坚持到底,说商人们来来往往,一个个都满载而归。因为此情此景,直至今天还有人称朱泾为"小临清"。山东临清,曾是运河边重要的商业城市和储粮之地。作者把朱泾和名扬天下的临清作比,当然是毫无保留的赞誉之词了。

这首诗虽然诗味不足,但是对于我们了解明清时期朱泾经济社会状况来说,还是有其史料价值的。

● 注 释

①盈:即大盈务,元代中央政府在地方设置的专管贸易税收的机构。
②估客:商人。估,通"贾"[gǔ]。
③临清:山东临清,古运河边重要商业城市和储粮地。

● 今 译

　　朱泾万家灯火繁华得好像都城一样,元代曾经在这里设置大盈务管理贸易、税务。商人们来来往往都赚得盆满钵满,至今人们都还称这里是"小临清"。

(撰稿人:张锦华)

落照湾

近现代·高燮

绿波红树得秋多,
指点天空一鸟过。
我向溪南看日落,
湾头毕竟最嵯峨①。

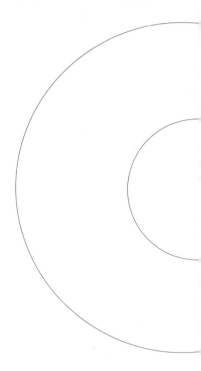

高燮

见《新城篇》,此处略。

● 题解与赏析

　　诗僧船子《拨棹歌》有云："千尺丝纶直下垂，一波才动万波随。夜静水寒鱼不食，满船空载月明归。"据说诗中"一波才动万波随"所描写的正是落照湾。船子在朱泾弘扬佛法，垂纶于落照湾，留下了不少脍炙人口的"棹歌"，前述"满船空载月明归"就是流传甚广的一首。又如"一任孤舟正又斜，乾坤何路指津涯。抛岁月，卧烟霞，在处江山便是家"等词作，也是诵之齿颊留香的佳作。落照湾，因为船子而名扬天下，也成了朱泾的雅称，历来为骚人雅士歌咏的对象。高燮这首诗即以此为题，歌之咏之，乡情可鉴。

　　诗的一、二句写景，诗人远目骋怀，只见深秋的落照湾，绿波红树，清丽如画；水光天色中，有水鸟倏忽而过，诗人不由自主地指点称快，目送鸟迹消失在一片秋色之中。这两句诗动静结合，画面鲜明动人，不落前人咏秋窠臼，诵之顿觉神清气爽。三句承转，诗人把视线聚焦于落日，落照湾最令人神往的自然是落日余晖洒满河塘的情景。诗人说，"湾头毕竟最嵯峨"，落日盛大，到落照湾而不看落日，算是白来一趟。三、四句融情于景，把诗人对家山乡水的一份钟情抒发了出来。

● 注　释

①嵯峨：山势高峻的意思，此指落日水势之盛大。

● 今　译

　　落照湾的深秋绿波荡漾红树摇曳是多么赏心悦目，天空中一只水鸟倏忽而过不由地指点雀跃。我正向着溪水南岸观赏日落美景，毕竟落照湾头是落日水势最盛大、景致最美的地方。

（撰稿人：张锦华）

万安桥落成喜赋（三首选一）

近现代·彭鹤濂

一桥横跨水当中①，
比似天空雨后虹。
闹市人烟车万辆，
风驰电掣各西东。

彭鹤濂

　　见《枫泾篇》，此处略。

● 题解与赏析

　　万安桥在朱泾镇西的秀州塘，始建于明代，至今 500 年。万安桥在明清两代前后建过 8 次，1981 年再次重建万安桥。秀州塘宽阔水急，过塘靠摆渡船又费时又危险，万安桥的建造，大大方便了两岸人们的出行。诗人看到第 9 次建桥且桥如此雄伟，感慨万分一气赋诗三首。

　　新建的万安桥是由三个联拱组合的大桥，坚固而又方便船只通过。水面上一个大石拱，东、西两侧的引桥各一个大拱。第一、二句将万安桥的大石拱横跨水面，犹如天空的彩虹一般，非常形象地描绘出来，让我们身临其境。第三、四句着重写桥的功能，人、车来往如此方便，这也使诗人心生欢喜。

● 注　释

①横跨：形象描述万安桥中间的石拱的气势。

● 今　译

　　一座崭新的拱桥横跨水面，好比雨后的彩虹雄伟挺拔。县城朱泾的过往行人和车辆千千万万，都飞快地东西穿梭，极其方便。

（撰稿人：姚金龙）

亭林篇

松隐庵

元·王逢

一片流泉泻玉虹①,九山分绕梵王宫②。
雨余清气来天上,风定鸟声落座中。
松叶昼昏云欲合,藤花雪白径微通。
老僧异我君亲念③,一卷琅函答太空④。

王逢

(1319—1388)

　　字原吉,号最闲园丁、最贤园丁等,又称梧溪子,江阴人,移居上海县乌泥泾宾贤里(今徐汇华泾)。元明之际诗人,有才名,作《河清颂》,为世传诵。著有《梧溪集》。

● 题解与赏析

　　松隐庵,又名松隐禅寺,位于金山松隐镇,由元末僧人唯庵禅师(又名德然和尚)于元至正十二年(1352)建。据元至正十四年(1354)《松隐庵记碑》记载:"佛有殿,僧有堂,亢而为门,夹而为庑,凡日用之所宜有者皆具。取石屋所书,名之曰'松隐庵'。"寺内有七级宝塔一座,藏有血书《华严经》,遂名华严塔。明正统十二年(1447),朝廷敕赐"松隐禅寺",遂成浦南第一名刹。

　　王逢的这首七言律诗,描写了古寺的始建风貌和优美环境。首联总写寺院周围的自然山水,既有流水的灵动,又有山峦的庄严。颔联写风雨之后的所见所闻,一股清爽之气从天而降,阵阵鸟鸣在耳边萦绕。颈联转向植物描写,松叶蔽天,藤花满地,给人一种清冷悠寂之感。尾联通过老僧的心理活动,表达自己超凡脱俗的精神向往。全诗写景细腻,层次分明,语言清新,不假雕饰,与禅院的深幽寂静融为一体,成为松隐庵的一张诗词名片。如今的松隐禅寺已修葺一新,香火不断,梵呗之声寒暑无间,诗中禅院胜景仿佛又重现眼前。

● 注释

①玉虹:比喻流动的泉水像玉虹一样明洁。
②梵王宫:梵王,又称梵天王,佛教天神,自称娑婆世界之主。后世便以梵王宫来泛指佛寺,唐代朱庆馀《夏日访贞上人院》:"流水离经阁,闲云入梵宫。"
③君亲念:思君恋家之情。南宋刘克庄《罗湖八首》其一:"老来尚有君亲念,未敢相陪过铁桥。"
④琅函:指道教典籍。金代赵秉文《鲁直乌丝襕黄庭》:"太清虚皇玉景经,琅函琼笈秘始清。"

● 今 译

　　一道清澈的泉水从门前流过，山峦叠嶂间矗立起一座雄伟的松隐禅院。大雨过后，一股清爽之气从天而降；大风停歇，阵阵鸟鸣在耳边萦绕。茂密的松枝遮天蔽日，仿佛浓云密布；洁白的藤花铺满草地，有一条小径相通。来到这里，我是否还存有尘俗之念？那一卷琅函秘籍就是最好的答案。

（撰稿人：倪春军）

华严塔

读书堆

明·贝琼

泊舟亭林湖,突兀空王宫①。
当时读书处,鸟雀呼秋风。
前瞻两金山②,抃舞波涛中③。
眷兹一篑力④,克配千仞崇。
恐有文字藏,中夜飞白虹⑤。
荒哉梦中语,且复诳儿童⑥。
我亦有书癖,五经老未通⑦。
草堂可遂结,当作两希冯⑧。

贝琼

见《枫泾篇》,此处略。

● 题解与赏析

　　顾野王读书堆,是"亭林八景"之一,在今亭林镇小学东南高阜之上。顾野王(519—581),字希冯,吴郡(今江苏吴县)人,南朝梁、陈时期著名的文字学家、史学家,著有《玉篇》《舆地志》等。他长期定居于金山亭林镇,并在大寺山上结茅筑舍,著书立说。诗人贝琼途径此处,睹景思人,写下了这首怀古诗篇。

　　诗可分作三层,前八句为第一层,描写眼前所见读书堆之景。首二句交代读书堆的地理位置,突出其地势之高。一个"空"字,表明昔日的繁华已不复存在,只留下断垣废墟。三、四两句描写读书堆上鸟雀叽喳的听觉感受。五、六两句转向视觉,写登高远眺,可以望见海中岛屿在波涛中蹁跹起舞。七、八两句感叹大自然的神奇力量,造就了如此高峻的山丘。以下四句为第二层,插入有关顾野王和读书堆的传说故事。相传,在宋朝或更早一些时代,法云寺的两位僧人同时做了一个同样的梦,梦见一金紫衣人对他们说"我梁朝侍郎",且告以断碑处。僧人果然在寺基处发现一石,上镌:"寺南高基,顾野王曾于此修《舆地记》。"不仅丰富了诗歌的情节和内容,而且也为读书堆加上了神秘的色彩。诗歌末四句为第三层,由读书堆联想到自己的人生境遇,一方面感慨仕途不顺、老无所成,同时也希望能像顾野王那样在此结庐,终日以诗书为伴。

● 注　释

①突兀:高耸的。
②两金山:指大金山岛和小金山岛。
③抃[biàn]舞:拍手起舞,形容非常欢乐。
④一篑[kuì]:一筐。篑,盛土的竹器。
⑤中夜:半夜。白虹:日月周围的白色晕圈。

⑥ 诳 [kuáng]：欺骗。
⑦ 五经：指儒家的五部经典《诗》《书》《礼》《易》《春秋》。
⑧ 希冯：顾野王，字希冯。

亭林顾野王读书堆

● 今 译

　　停泊在亭林湖畔，远远就望见高峻的一座山丘。那是南朝顾野王的读书处，如今却是一片叽喳鸟鸣。登上高堆，海浪拍打着两座岛屿。这一筐土的神奇力量，造就了如此高峻的山丘。当年有人做了一个神奇的梦，梦后在地里挖出了断碑残碣。我也是一个爱读书的人啊，一大把年纪了却还没有通晓五经。索性就在这里搭一间茅屋，成为第二个在此读书的"顾野王"吧。

(撰稿人：倪春军)

游亭林宝云寺访顾侍郎读书堆洗砚池遗迹并读赵承旨宝云寺碑

清·张兴镛

异代名蓝杂市廛[①],
宝云遗额到今传。
读书堆上草成带,
洗砚池边苔作钱。
千载空留华表语,
一碑犹识至元镌[②]。
从容野衲凭相问[③],
触忤愁心为破禅[④]。

宝云寺唐经幢遗存

张兴镛

（1762—1837）

字金冶，号远春，斋号红椒山馆。江苏华亭（今上海松江）人。少游青浦王昶门，其诗被赞"近六朝王谢"诸家。嘉庆六年（1801）举人，官太仓州学正。著有《红椒山馆诗选》。

● 题解与赏析

　　诗题凡27字，信息量大，涉及宝云寺、读书堆、洗砚池和宝云寺碑等遗迹名胜，以及顾侍郎（顾野王）、赵承旨（赵孟頫）等历史人物。亭林宝云寺初建于南北朝梁武帝时代，唐宣宗大中十三年（859）重建，初名法云寺，北宋庆历六年（1046）再建，治平中赐额宝云寺。寺旁有唐代石经幢一座，俗称"飞来塔"，经幢文字至今依稀可辨。相传亭林古有八景，分布在宝云寺周围，读书堆和洗砚池与顾野王有关，宝云寺碑则与赵孟頫有关。洗砚池，又称墨池，为顾野王洗砚处，位于读书堆旁。旧时有河流相通，今已湮没成陆。《宝云寺碑》系元代书法家赵孟頫所书，又名"松雪碑""子昂碑"，曾立于宝云寺内，"文革"期间被毁坏，有拓本传世。

　　这首诗记录的正是诗人探访宝云寺以及读书堆、洗砚池、宝云寺碑等处的游览经历。首二句写游寺，突出寺院的历史悠久，声名远播。颔联写读书堆和洗砚池，表现萧条破败之景，显示历史的沧桑巨变。颈联写读碑，碑文的永恒不变与岁月的流逝形成鲜明对比，引起无限的思考与遐想。尾联抒情言志，蕴含佛理禅意，言有尽而意无穷。全诗安排妥帖，秩序井然，读者仿佛跟随诗人游历一般，身临其境，若有所得。

● 注释

①名蓝：有名的伽蓝，即有名的寺庙。市廛[chán]：集市和店铺。
②至元：元世祖忽必烈年号（1264—1294）。
③野衲：山野间的僧侣。
④触忤：冒犯。

● 今译

　　千年的宝刹深藏在喧闹的集市之中，宝云禅寺的匾额流传至今。顾野王的读书堆上已是杂草丛生，洗砚池畔也长满了苔痕。岁月沧桑，只有眼前的华表依然还在，镌刻在石碑上的文字尚依稀可见。山里的僧人如果要问我，那么我将用一片禅心来参悟世间的苦闷和忧愁。

（撰稿人：倪春军）

登读书堆

近代·钟天纬

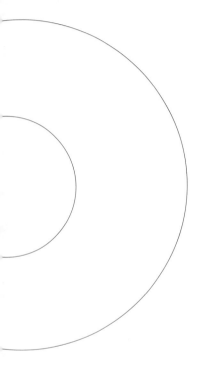

荒台百尺费跻攀①,偶趁天晴蜡屐闲②。
芳草碧烟春雨路,桃花红雪夕阳山③。
空传胜迹碑千古④,谁筑临泉屋数间。
独上读书堆畔望,暮云平处数螺鬟⑤。

钟天纬

(1840—1900)

　　字鹤笙,松江华亭(今金山亭林)人。清同治十一年(1872)入上海广方言馆肄业。光绪五年(1879)赴德游历欧洲各国,光绪十九年回沪。晚年在上海开办学堂,从事教育。著有《刖足集》《随轺载笔》《扪虱录》等。

● 题解与赏析

　　这是钟天纬青年时代创作的一首七言律诗。诗歌首联叙述攀登读书堆的艰难过程，表现天气的晴朗和心情的闲适。颔联运用暗喻的手法描写登临所见景色："芳草碧烟"是说萋萋芳草像碧烟一般翠绿，"桃花红雪"意谓灼灼桃花像胭脂一样红艳。如此美景，又有春雨路和夕阳山为背景衬托，亦虚亦实，亦真亦幻，使人陶醉其中，流连忘返。颈联咏史，语序颠倒取势，通过石碑和茅屋来追忆历史，表达对古人的缅怀和景仰。尾联借景抒情，抒发自己对前途的迷惘和人生的忧虑。全诗语言清新明丽，不假雕饰，怀古伤今之情溢于言表，展现了青年人不可多得的沉稳和持重，也蕴含着作者的远大理想和人生抱负。

● 注　释

①跻 [jī] 攀：攀登。

②蜡屐：涂蜡的木屐，喻指从容悠闲的生活。南朝宋刘义庆《世说新语·雅量》："或有诣阮（阮孚），见自吹火蜡屐，因叹曰：'未知一生当着几量屐！'神色闲畅。"

③红雪：亦称丹雪，女子化妆用的脂粉。唐王建《宫词》："黄金盒里盛红雪，重结香罗四出花。"

④碑千古：指赵孟頫《宝云寺碑》。

⑤螺鬟：原指妇女的发髻，后喻指像发髻一样的山峰。

● 今　译

　　我艰难地攀上荒废的高台，趁着这晴朗的天气和闲淡的心情。一眼望去，萋萋芳草像碧烟一般翠绿，灼灼桃花像胭脂一样红艳。宝云寺内的石碑已经流传千古，是谁在泉水畔搭了这几间茅屋？我独自站在这高高的读书堆上，只看见远处的暮云和山峰。

（撰稿人：倪春军）

申江棹歌（其二）

清·丁宜福

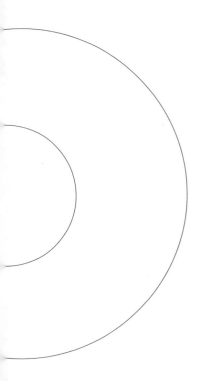

梦里衣冠认故梁①，
亭林断碣卧斜阳。
读书堆畔重回首，
若个书声继野王②？

丁宜福
　　见《新城篇》，此处略。

● 题解与赏析

《申江棹歌》，是丁宜福写的一组竹枝词。此诗以历史上宝云寺的一个故事开篇，描写了顾野王居住亭林的历史。首句雄壮呈"扬"的状态，第二句带感伤色彩，为"抑"，用了对比手法。第三句转折之后，第四句"若个书声继野王"，让人看到了继承顾野王的希望，激励后人，使整首诗的节奏感提升，思想得到升华。

● 注释

①故梁：指南朝梁（502 –557）。雍州刺史萧衍取代南齐称帝，定都建康（今南京）。以萧衍封地在古梁郡，故定国号为梁。因皇室姓萧，又称萧梁。顾野王即出生于南朝梁时期。

②野王：顾野王（519-581），原名顾体伦，字希冯，长期居于亭林（今属上海金山区），人称顾亭林。南朝梁陈间官员、文字训诂学家、史学家。历梁武帝大同四年太学博士、陈国子博士、黄门侍郎、光禄大夫。他博通经史，擅长丹青，著有《玉篇》《舆地志》等。

● 今译

一场梦里你还穿着古梁朝的服装，夕阳余晖照耀着亭林的那些断碑。在读书堆旁边回望历史的片段，书声隐约承继着顾野王的余韵。

（撰稿人：高文斌）

亭林竹枝词(其一)

清·顾文焕

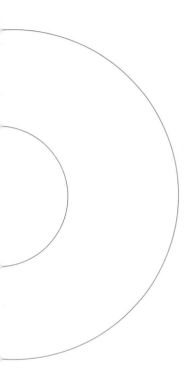

青帘不挂酒家胡①,
白舫何人更泛湖?
千顷湖光春涨绿,
元人诗笔宋时图②。

顾文焕

生卒年不详。字虞征,金山亭林镇人,清乾隆五十八年(1793)诸生,例贡。七古拟长吉体,颇见神似。著有《竹庐诗稿》等。

● 题解与赏析

　　亭林旧时有湖，称亭林湖、亭湖、顾亭林湖。元代书法家赵孟頫所书《重修宝云寺记》上说，"顾亭林湖在华亭东南三十五里，湖南有顾亭林、顾公野王尝居此，因以为名。"清光绪《华亭县志》中说 "湖在华亭（松江）县城东南三十五里"，湖的南岸即今之亭林镇。"志书记载，亭林镇距松江城三十六里，则亭林湖南北宽度约为一华里。到北宋末期，亭林湖已淤浅。光绪末年，已成了陆地中的低洼地。旧时亭林湖、寺相映，八景点缀，曾引得不少文人墨客慕名探胜览古，留下不少诗篇和墨宝。宋代王安石、梅圣俞，元代赵孟頫、陶宗仪、杨维桢，明代徐阶、董其昌、陈继儒等，都曾在此留下足迹。可见古镇亭林自古文化昌盛，人文荟萃。

　　根据这首诗中所描绘的景象，可知乾隆年间的亭林湖旖旎尚存，是颇可一游的佳处。诗的一、二句，言亭湖边的酒家已经不再悬挂青布所制的酒帘，但仍有人驾着白木的船舫泛游在湖上。值得玩味的是，古代酒家为招揽客人，在门前悬挂酒幌应是寻常事，而亭湖畔的酒家却不再循例悬帜揽客，不由得令人猜想，是不是因为亭湖大面积淤塞，规模大不如前而盛景不复？这个意思在第二句的疑问中似有所答——所谓"何人更泛湖"，多少暗示了彼时亭湖之上已经游人无多，虽然第三句仍不无夸张地描摹"千顷湖光春涨绿"，以致于给诗人留下"元人诗笔宋时图"的印象。当然读诗大可不必拘泥，只需领会诗人兴会所至、随性随情信笔挥洒的自由即可。诗人说，千顷亭湖，春潮涨绿，湖光潋滟，大有元人诗的遗韵和宋人山水的意境，我们就信他一次，又何伤大雅？假如时至今日盛景犹在的话，该多好！

● 注　释

①青帘：旧时酒家门口挂的酒幌，多用青布制。酒家胡：原指酒家当垆侍酒的胡姬，后泛指酒家侍者或卖酒女。

②元人诗笔宋时图:言亭湖春景有元人诗的遗韵和宋人山水画的意境。

● 今 译

　　亭湖岸边的酒家不再悬挂青布酒旗,湖上倒还有白木船,是谁还在湖上泛游?千顷亭湖春潮涨绿,一片旖旎风光,仿佛元人笔下的诗和宋人笔下的山水。

(撰稿人:张锦华)

亭林竹枝词(其二)

清·硕文焕

莫问南村与竹西①,
嘹天鹤去叫荒鸡②。
杨家铁笛陶家瓮③,
散入春风雨一犁。

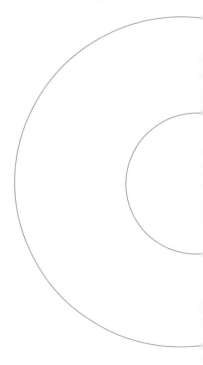

顾文焕

　　见前首,此处略。

● **题解与赏析**

亭林成陆于6000年前,地处冈身(古海岸线)西部。20世纪70年代初,出土有新石器时代(良渚文化)晚期的文化层和商周、两汉时期的文物,证实距今4000多年前,我们的祖先就在此繁衍生息。据历史记载,亭林胜迹颇多,有读书堆、洗砚池、子昂碑、楞严塔等"亭林八景"。几经战乱,今仅存野王读书堆。元代杨维桢手植的铁崖松(罗汉松),树龄已有640余年,仍傲然屹立,被誉为"江南第一松"。元代文学家、书法家赵孟頫书有"子昂碑"即《重修宝云寺记》,惜已毁于十年浩劫,今仅存碑额与碑文残块,以及原碑拓片。亭林自古就是浦南重镇,交通枢纽,相传松江府华亭县县府曾设于亭林。民国时与朱家角、泗泾、枫泾齐名,并称"四大重镇"。

这首诗似有慨叹名士远去,斯文难以为继之意。诗起笔即谓"莫问南村与竹西"("竹西"一词,深具文化内涵,唐代以降,多有诗人词家留下关于"竹西"的诗词佳作,其中以杜牧诗"谁知竹西路,歌吹是扬州"和姜夔词"淮左名都,竹西佳处"为最负盛名),因为"嘹天"之鹤已去,只有三更半夜前啼叫的雄鸡在发出嘈杂可厌之鸣。所谓"嘹天"之鹤,大概指的就是那些曾经发出高亢俊雅之音的风流名士,如铁笛道人杨维桢。杨氏因不善逢迎,仕途难进,终至浪迹山水,一度曾徙居胥浦(即今金山),呼朋引伴,诗赋相乐,在金山留下不少遗迹。传说亭林古松园内的罗汉松,即为杨氏手植。风流绝代如铁笛者俱成杳然一鹤,一去不返,他们的风仪和事迹,则已"散入"犁春风一犁雨,成为泽被金山的文化滋养。

● **注 释**

①竹西:"竹西"一词,深具文化内涵,唐代以降,多有诗人词家留下关于"竹西"的诗词佳作,其中以杜牧诗"谁知竹西路,歌吹是扬州"和姜夔词"淮

左名都,竹西佳处"为最负盛名。

②荒鸡:三更前啼叫的鸡。

③杨家铁笛:杨维桢,号铁笛道人。

● 今 译

不要问南村与竹西,鸣声响彻天穹的仙鹤杳然远去,只剩三更天啼叫的鸡在打鸣。像杨维桢和陶宗仪这些隐居亭林的风雅人物,他们的风仪和事迹,早已散入一犁春雨,湮然难觅了。

(撰稿人:张锦华)

宝云寺碑

清·汪巽东

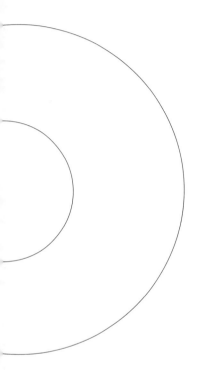

上江故道已难知①,
裹沏成田又此时②。
杞国忧天何日已?
咸潮看到子昂碑③。

汪巽东

　　见《新城篇》,此处略。

● 题解与赏析

宝云寺建成于唐大中十三年（859），位于今金山亭林镇，曾经号称"江南名刹之五，华亭之最"，屡经兴废。元代重修时住持净月立碑，牟巘撰文，廉密知儿海牙（汉名廉恂）篆额"重修宝云寺记"，碑文《松江宝云寺记》由赵孟頫书，当地人将此碑称"子昂碑"。光绪年《重修华亭县志》载，"咸丰十一年毁于兵"，仅存山门及"子昂碑"。1966年，山门及"子昂碑"均被人为毁坏，仅存碑额及不足原碑十分之一的残碑（碑文70余字）。诗中所谓"上江"，当指"三泖"之一的上泖。古代"三泖"的大体位置在今松江、青浦、金山、平湖一线，是湖水相连的大片湖荡。上泖流经今金山、平湖间，因形如长带，亦称长泖。古长泖延绵百余里，后来逐渐淤涨成田，到清代时只余如渠细流。中泖位处中游，流经今金山、松江之间，因水面浩阔，亦称大泖（亭林正处大泖）。古大泖最早淤塞，被围垦为荡田，也称泖田。三泖迅速淤没成田，始于唐代修筑捍海塘时。宋代起，政府就组织人力围裹泖湖为田。元、明以后，由于人口激增，农民加剧泖湖边上的围垦筑邦，"三泖"日益缩小，至清嘉庆年间，"三泖"之一的下泖已不过二十里。这首诗就是对当年"裹泖成田"的真实记录。诗的一、二句说上泖的故道早已难以找到，何况此时新一轮的围湖造田又已经开始。看来"裹泖成田"工程直到道、咸年间还在继续。诗人不免发出"杞国忧天"的感慨，只是不知这种"杞国忧天"的感慨究为何指，是说大规模的围湖造田造成亭湖更快地消失，以致"白舫泛湖"的盛景不再？还是暗讽这种对昔日盛景的留恋情怀已经不切实际，认为如果不是历代的人工干预，筑塘捍海的话，恐怕倒灌的咸潮早已汹涌到宝云寺的子昂碑前，给当地的农业生产乃至老百姓的生活造成巨大危害？琢磨三、四句的口气，似乎应该是后者。

● 注　释

①上江：指"三泖"之上游，即上泖。
②裹泖成田：即围湖造田。
③咸潮：海水倒灌，咸、淡水混合造成江河上游河道水体变咸，对农业生产造成危害。

● 今　译

"三泖"的上游原来的河道早已难以找到，眼下又是新一轮围湖造田的时候。那种不必要的担心何时才能停止？要知道倒灌的咸潮已经快到子昂碑下了。

（撰稿人：张锦华）

宝云寺碑

读书堆

清·唐天泰

访古登高邱①,
苍苍见林樾②。
不闻读书声,
一片亭湖月③。

读书堆畔顾野王雕像

唐天泰

见《枫泾篇》,此处略。

● 题解与赏析

读书堆在今上海市金山区亭林镇，为"亭林八景"之一。相传南北朝梁、陈之间的文字学家顾野王晚年隐居于此，于茂林深处结茅筑舍，读书、修《舆地志》。堆高数丈，横亘数十亩，林樾苍然，野王墨池在其侧。

主峰于1968年取土填河被削平，现仍形似土山，北麓紧靠笔尖厂。今读书堆上仍有蓬蓬勃勃的树木数十株。

直到清代，人们还经常赋诗以表怀念。首二句描写读书堆的景象，数丈高的土山，在平原地带算是很高的山了，山上树木郁郁葱葱。后二句写感慨，虽然听不到顾野王的读书声了，但那一轮明月还是顾野王时的明月，对顾野王怀着崇敬的心情，念念不忘。通过对读书堆的景物描写触景生情，产生对顾野王的深切缅怀。

● 注 释

①邱：通丘，小土山。高邱，指顾野王读书堆。
②林樾：林木；樾：树荫。指读书堆上树木郁郁葱葱。
③亭湖：高丘（读书堆）北有湖，湖南的高丘有树林，因呼顾亭湖，亦曰顾亭林。

● 今 译

寻访古迹，登上高高的土山，只见树木郁郁葱葱。早已听不到顾野王的读书声，惟见亭林湖的一片月色依旧。

（撰稿人：姚金龙）

张堰篇

登秦山

明·曹勋

蒹葭风色正高凉①,恰受居然载两航②。
山亦不深呈怪石,此何曾远类穷乡。
苍苍一片容鸥鹭③,隐隐诸峰识凤凰。
白袖白衣兼胜事④,登高宁必在重阳⑤?

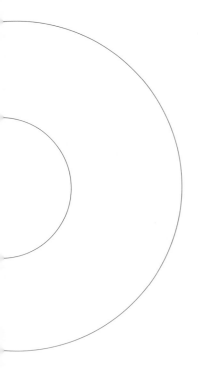

曹勋

　　生卒年不详。字允大,号峨雪,晚号东干钓叟,华亭干巷(今金山干巷)人。明天启元年(1621)举人,崇祯元年(1628)会试第一,赐进士出身,官至礼部右侍郎。明亡不仕,杜门读书著述,与曹氏子弟创办"小兰亭诗社"。著有《易说》《通史纪略》等。诗有《东干钓叟诗集》。

● 题解与赏析

秦山,又名秦望山,是金山陆地上海拔最高的山丘,在今张堰境内,相传因秦始皇来此巡视观海而得名。山上旧有仙人洞、飞来石、老人峰、翠微峰、龙游洞、白龙洞、白马磴、石马磴、试剑石等"秦山八景",历代为骚人墨客吟咏和远近村民游览之地。这首诗所写的正是明末文人曹勋携友人在深秋登秦山的一次游程。

首联写出发游览的气候环境和交通工具,使人对这次登山充满了无限期待。颔联写山虽不高,却是怪石嶙峋;地虽不远,仿佛穷乡僻壤。颈联写登山远眺,只见滩上一群鸥鹭,山中似有凤凰。尾联转而抒情,秋高气爽,宾朋满座,如此赏心乐事,正在重阳登高时节。全诗叙事从容,状景细致,中间二联,对仗巧妙,体现了重阳登高的文人雅兴。曹勋的诗文作品在清代遭到全面禁毁,只有这吉光片羽留赠后人。

● 注释

①蒹葭:芦苇。《诗经·秦风·蒹葭》:"蒹葭苍苍,白露为霜。"风色:风景。
②航:小船。唐杜甫《南邻》:"秋水才深四五尺,野航恰受两三人。"
③鸥鹭:鸥鸟和鹭鸟的统称,泛指各种鸟类。
④胜事:美好的事情。
⑤宁[níng]必:岂必。

● 今译

天气转凉,芦荻萧萧,已是深秋。我们一行人远游登山,恰好坐满两船。山不高深,却布满怪石;地虽不远,仿佛穷乡僻壤。登山而望,只见远处的沙滩上有一群鸥鹭,连绵群山间隐约有凤凰翱翔。朋友们聚在一起是难得的高兴事儿,可见登高的最佳时节不一定是重阳节那天。　　(撰稿人:倪春军)

题松韵草堂

在书斋前,为吾家燕息之所

近现代·姚竹修

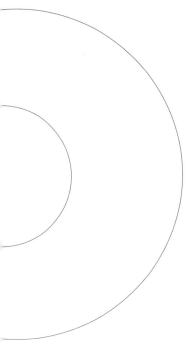

小筑书堂容膝好[①],松风满径是吾家。
竹篱一带随山插,精舍三椽趁水斜[②]。
鸣鹤在阴忘岁月[③],潜龙勿用老烟霞[④]。
涛声月下添清韵,绕壁苍苍放古花。

姚竹修

(1897—1970)

　　字湘湄,金山张堰人。姚石子之妹,另有一姊一妹。石子因无兄弟而视妹如弟,在家塾中延师为三妹课诗古文辞。1919年,竹修以舅氏高燮先生之介出嫁同邑亭林镇周大烈(迪前),先后育四子三女,以家务冗事及养育子女,未能续操文事。1970年因病去世,终年74岁。著有《惠风簃剩稿》。

题解与赏析

松韵草堂，南社先贤姚光的藏书和会客之所。堂名松韵，出自姚氏远祖姚宏绪所辑《松风余韵》。高燮《乡土杂咏》诗云："堂名松韵一松无，但拥书城拓壮图。毕竟埋头何日了，好教望月向南湖。"又自注曰："松韵草堂在张堰之南湖头，姚甥石子建，额则余所书也。"

这是姚家女主人为自家书斋所写的一首七言律诗。诗歌首联紧扣题目，第一句叙述草堂，第二句描写松风，表达对草堂的喜爱之情。颔联描写草堂周围的优美环境，依山傍水，错落有致，使人心驰神往。颈联化用典故，表达友朋之乐和隐逸之志。尾联以景收束，意蕴悠长，含蓄隽永。竹修诗雅洁清隽，空灵婉妙，于此可见一斑。

注释

①容膝：仅容两膝，形容居室狭小。晋陶渊明《归去来兮辞》："倚南窗以寄傲，审容膝之易安。"
②精舍：讲学的处所。
③鸣鹤在阴：有鹤在树荫下鸣叫，出自《周易·中孚·九二》："鸣鹤在阴，其子和之。我有好爵，吾与尔靡之。"意谓朋友之间以诚相待，心灵相通。
④潜龙勿用：出自《周易·乾·初九》，意谓潜藏水底的蛟龙，不要急于有所作为。作者诗原注："家君归田后深居简出，垂十稔矣。"

今译

这一间吹来阵阵松风的狭小书房，正是我家。它的周围是随意插种的篱笆，精舍三间依山傍水。家父与朋友真诚相交，十年隐居不出，在乡间渐入暮年。月光皎洁，松风如涛，墙角绽放的花儿，更添一种清思雅韵。

（撰稿人：倪春军）

题杨竹西不碍云山楼

元·张雨

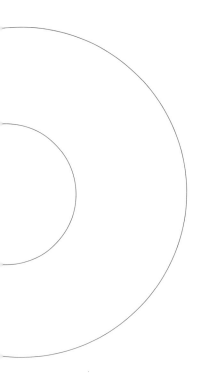

吴淞别有隐人邱^①,
大小金山翠欲流^②。
屋宇云山俱不碍,
老夫伸脚卧西楼。

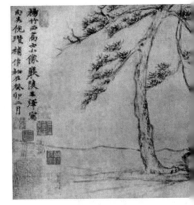

张雨

(1283—1350)

一名天雨,字伯雨,号贞居子,钱塘(今浙江杭州)人,30岁时弃家入道,道号嗣真,元代文学家、书画家。

● 题解与赏析

　　诗写杨竹西的不碍云山楼。杨谦，号竹西，元代华亭（今上海金山）张堰人。他广交文豪，所建不碍云山楼是当时文人墨客寓居、雅集之所，此园遗址在今中国历史文化名镇——张堰镇区内。现北京故宫博物院即藏有元代画家王绎与倪瓒合作的《杨竹西小像》，乃中国人物画代表作之一，是当时文人于此诗酒酬唱、泼墨挥毫的见证。

　　此诗为张雨在不碍云山楼上举目四眺，发抒心绪之作。第一、二句用白描手法，以陆上吴淞江与海中金山岛为描写背景，句涉"隐""翠"，用对比手法，一伏一起，彰显本土风物使人因爱怜而痴迷。第三句用周边屋宇、远近云山，浑然无痕地衬托了不碍云山楼的宏伟。末句勾画舒适的文人生活。全诗朗朗上口，松弛有致，回味悠远，意蕴深长。在情景交融中带有作者独立遗世的傲然情姿，是一首描写金山文旅风物的佳作。

《杨竹西小像》元人王绎、倪瓒绘，故宫博物院藏

● 注 释

①吴淞：吴淞江，古称松江或吴江、亦名松陵江、笠泽江。《后汉书·左慈传》中有"吴淞江鲈鱼"的记载。历史上的吴淞江江面宽阔，气势澎湃，"吴淞古江故道深广，可敌千浦"。至唐朝中期，大诗人杜甫在《戏题王宰画山水图歌》中写出"焉得并州快剪刀，剪取吴淞半江水"的著名诗句。自宋元后，由于泥沙淤积、围垦造田等，吴淞江江面日益缩小，今流经上海段称"苏州河"。张雨诗中之"吴淞"为其时的吴淞江地区。

②大、小金山：指今天金山近海的大金山岛、小金山岛。大金山岛是上海最大基岩岛，也是上海自然海拔最高点。二岛在宋代前统称"钊山"，在陆地上，后因海面上升，变成岛屿，孤立海中。

● 今 译

吴淞江地区有着可隐居的山丘，从此远看大、小金山翠流欲滴。屋宇、云朵与山峰均不妨碍，我放松腿脚斜卧在西楼之上。

（撰稿人：高文斌）

申江棹歌(其三)

清·丁宜福

秦望山高海气吞①,
祖龙往事渺难论②。
枉叫徐福求灵药,
不取长生草一根③。

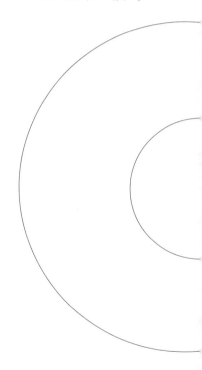

丁宜福

　　见《新城篇》,此处略。

● 题解与赏析

《申江棹歌》，是丁宜福写的一组竹枝词。丁宜福，1817年出生于当时的南汇县十六保八团，1933年，该地划属奉贤县。他一生创作的诗歌数量颇丰，有《东亭吟稿》《卧游草》《寿松堂文集》《草堂诗钞》《水仙庵联吟集》《南浦童瑶》《浦南白屋诗》等，留下诗歌一千余首。此诗出自《申江棹歌》。申江即今黄浦江，对于出生在申江边的丁宜福来说，申江也无疑代表了江周围的这片区域。丁宜福的《申江棹歌》(姚养怡抄本)，曾被收入2001年上海书店出版社出版的顾炳权编著《上海历代竹枝词》。

全诗文意简练，以叙写故事手法，刻画出秦望山与秦始皇传说的由来，又把秦望山长生草与秦始皇令徐福寻长生药联想起来，颇有想象张力，横生妙趣。清代汪巽东另有一诗《仙人洞》："徐市船归海上迟，辒车六月井陉驰。山头自有长生草，不向仙人乞一枝。"此诗也描绘了秦望山，意为听到徐福船队迟归的消息，秦始皇乘车飞驰来到这里。秦山上长有长生的仙草，因此不用向仙人乞讨。此诗与丁宜福的诗有异曲同工之妙。

● 注释

①秦望山：一称秦山、秦皇山。在今上海金山区张堰镇境。传说秦始皇南巡曾登此山望海，故名之。南朝顾野王《舆地志》记载："秦望山高一十六丈，周回五百步。秦始皇东游此山，欲渡会稽。"清代乾隆《金山县志》记载："秦始皇登山望海。"《重辑张堰志》记载："（三月）二十八日游秦山，士女连袂而去，竟日始返。"其后有小注云："秦山市三月朔、望，二十八及四月朔日，共四期，大抵买卖农具，而墨士往往乘此春和登山吟眺。"

②祖龙：指秦始皇。《史记·秦始皇本纪》：[三十六年]秋，使者从关东夜过华阴平舒道，有人持璧遮使者曰：'为吾遗滈池君。'因言曰：'今

年祖龙死。'

③长生草:《重辑张堰志》记载:"万年松,又名长生草,茎长一二寸,采置笥内,久而沐以水,即鲜翠如生。"

● 今 译

在秦望山上远眺,气势足以吞海,秦始皇的故事因遥远而难定论。可惜的是秦始皇枉叫徐福到处寻找不死灵药,却不知道秦山上就生长着长生草。

(撰稿人:高文斌)

乡土杂咏(其二)

近现代·高燮

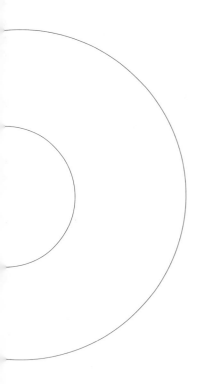

柔桑一带绿如描,
十亩桥连濠上桥。
稳坐观鱼有真乐,
覆苹濡沫自逍遥①。

高燮

见《新城篇》,此处略。

题解与赏析

《乡土杂咏》是高燮歌咏家乡的一组竹枝词，此诗为其一。此诗描绘了高燮在张堰的闲闲山庄一带景色。闲闲山庄，高燮斥资营建的一处邸宅，落成于民国六年（1917年），遗址在今秦望村。高燮《闲闲山庄上梁文·序》："国危政乱，乐桑者之闲闲；味淡声希，期穷年而矻矻"，点明闲闲山庄名字由来。其外甥姚光序文纪录："邑之秦望山……西北，有地十许亩，为我家祖遗。我舅氏吹万先生相度得此，因举他田相易，筑闲闲山庄。养鱼植树，种蔬莳花，为著书吟咏之所。一水潆洄，环绕相接，地僻而景幽，是宜隐者之所居也。"1937年抗战爆发，日本侵略军入侵金山，高燮避居上海城区。1943年高燮曾作《望江南》词六十四阕追忆山庄往事，"言皆真实，意出肺肝"。山庄藏书处曰"食古书库"，聚书三十余万卷，经史子集皆备，其中善本大多为杭州朱慎初抱经堂物。高燮雅好《诗经》，辟有一室专以汇聚《诗经》，取名"葩庐"，自号"葩叟"。坐拥书城，陶醉其间。新中国成立后，部分《诗经》捐献给了上海复旦大学图书馆。原诗下注："濠上桥、十亩桥在山庄前，为观鱼处，皆余所筑。按，十亩桥前建木质，接通两堤，其后于丁卯冬间以形家言将堤门筑断，改开于堤之西南口，桥亦卸去。又数年，重建石质平桥于柳岸之北，仍名'十亩'，养鱼之处，后经开放。"

注释

①苹：无根浮水而生者。

今译

嫩绿的桑园像一幅画儿一样，十亩桥连着濠上桥。静坐观鱼享受生活乐趣，那鱼儿顶着苹吐气泡多逍遥。

（撰稿人：高文斌）

乡土杂咏（其三）

近现代·高燮

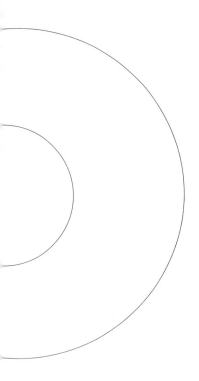

无恙山光无恙风[①]，
小桥掩映碧波通。
六弓湾水平如镜[②]，
呼鸭邻家夕照中。

高燮
　　见《新城篇》，此处略。

题解与赏析

《乡土杂咏》,是高燮歌咏家乡的一组竹枝词,此诗为其一。闲闲山庄内有慈竹室、岁寒桥、六弓湾、柳岸莺啼等建筑和景观。慈竹室,吹万有自识云:"慈竹室,即慈竹长春室之简称。是室建于戊辰春间,先母曾起居于此,额字为余所自题。"还有书斋名"可读斋",因紧邻粮仓,高燮自书门联:"世间惟有读书好,天下无如吃饭难。"又开荒地一块,移植吴中邓尉梅花,称"梅花香窟"。每当花季,与朋辈品茗觞咏,兴味特浓。此诗描写了山色、桥湾、河景以及农家生活的场景。有景虽小而意境悠远之感,水墨气息浓厚,不失为名家名作。

注释

①无恙,指没有生病。问候语。《楚辞·九辩》:"赖皇天之厚德兮,还及君之无恙。"

今译

美好的山光轻柔的风,小桥遮蔽衬托中碧波流淌。六弓湾的水面平如镜子,夕照中邻居们正在忙碌地把鸭子叫赶回家。

(撰稿人:高文斌)

乡土杂咏(其四)

近现代·高燮

凝紫湾头水拍天①,
潮平风正片帆悬。
秋高好向塘桥立,
西望秦山气郁然。

高燮

　　见《新城篇》,此处略。

● **题解与赏析**

　　《乡土杂咏》是高燮歌咏家乡的一组竹枝词，此诗为其一。高燮妻顾保瑢曾撰《闲闲山庄记》："山庄地越十亩，面山结屋，划水成堤，渡以小桥，杂莳桃柳。危楼开朗，朴而不华。凭栏南望，则山之苍翠尽览无遗，朝爽夕曛，风致清雅。庄之周围，环绕竹篱，藤萝低垂，红白相间。更外则水田阡陌，满种粳稻；池塘三数，植莲豢鱼。每当夏秋之交，田父负锄，牧童牵犊，田歌缓缓，鸟语嘤嘤，真山居之乐也。"山庄依山傍水，四时之景，迥然不同，故有八景之说，曰：回廊望月，高阁看云，荷池鱼跃，梅林赏雪，柳岸莺啼，槐荫迎风，碧山暮霭，绿湾晴波。高燮曾延请八位画师描绘山庄八景，并自题《闲闲山庄八景分咏》绝句。闲闲山庄恍如人间仙境，令人徜徉其中，流连忘返。其后，南社社友陈去病、柳亚子、苏曼殊、胡朴安等数十人来此居住游览，留下诗词书画。1926年，黄宾虹在山庄小住十日，并绘赠《闲闲山庄图》山水画轴。1931年，郑午昌也来山庄作客，画有《闲闲山庄秦山图》。近闲闲山庄有银子湾，高燮出资建桥，取谐音名为"凝紫桥"。

　　全诗动静结合，高情远致，点出了当时山庄附近优雅、野趣的田园生活。身临其境，若有所得。

● **注　释**

①银子湾：又名凝紫湾，当张泾一折处，为张堰之门户。曩极浅狭，自泾浚治，较原形大逾数倍，舟行至处，有浩荡容与之乐焉。由此以望秦山，佳气葱郁。高燮易"银子"二字为"凝紫塘"，建一桥遂名"凝紫桥"。

● **今　译**

　　宽阔的凝紫湾水浪拍天，等潮水风正之时悬起船帆。秋高气爽之日站在凝紫桥头，向西可以看见郁郁葱葱的秦山。

（撰稿人：高文斌）

翠薇峰

近现代·高燮

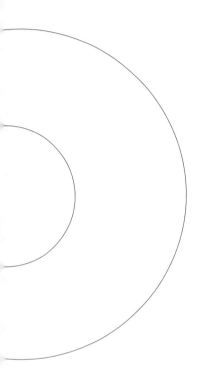

翠薇峰上一昂头①,
隐隐如闻大海流,
最是高秋能远眺②,
樯帆指点白沙鸥。

高燮

见《新城篇》,此处略。

● 题解与赏析

　　翠薇峰在秦山上,曾是历史上"秦山八景"之一。秦山,又名秦望山,是金山陆地上海拔最高的山丘,今在张堰境内,相传秦始皇来此巡视观海而得名。山上旧有仙人洞、飞来石、老人峰、翠薇峰、龙游洞、白龙洞、石马磴、试剑石等"秦山八景",历来为骚人墨客吟咏和远近村民春游之地。翠薇峰与老人峰相对,矗立山巅,绿荫环抱。拨开藤蔓,在陡壁处"翠微峰"三个石刻大字清晰可见。高燮在此诗下自注:"翠薇峰在秦山之山巅。"

　　全诗有远有近、有巨有细的描写,衬托了秦山之美、秦山之壮、秦山之意境。

● 注　释

①翠薇峰:"秦山八景"之一。
②高秋:秋高气爽时节。

● 今　译

　　站在翠薇峰上抬头望,隐约能听到大海涛声。最好是在秋高气爽的时节远眺,船只的樯帆间有白鸥飞翔。

(撰稿人:高文斌)

松韵草堂

近现代·高燮

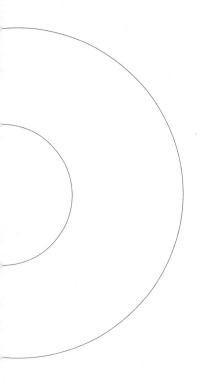

堂前松韵一松无①,
但拥书城拓壮图。
毕竟埋头何日了?
好叫望月向南湖②。

高燮

见《新城篇》,此处略。

● **题解与赏析**

　　松韵草堂，是姚光家族的一处房宅。高燮诗下自注："松韵草堂，在张堰之南湖头，姚甥石子建，额则余所书也。""南湖望月"亦为"留溪八景"之一。此诗以松入诗，引出此处实为一处"书城"。读书人往往在这里忘情物外，一心看书，偶尔书房外南湖上挂着一轮明月，也可以去欣赏一下，诗意里的画面感令人叹服。

● **注释**

①松韵：松韵草堂，曾是姚家刊书的地方，相当于私人出版社。松韵草堂一说据姚氏远祖姚宏绪《松风余韵》得名；另一说张堰古称赤松里，姚氏先祖来张堰后把自己视为赤松人，故取"松韵草堂"作名。
②南湖：张堰地名。《张堰镇志》记载，早年，张堰第一楼是一范姓人家傍南湖跨街而建的建筑，下可行人，上为茶楼，倚街临水，闹中有静。清末时，改成"松风水月楼"。

● **今译**

　　松韵草堂前没有一棵松树，但书城的书数量越来越多。总是埋头看书啥时候结束？休息时可向南湖抬头赏月。

（撰稿人：高文斌）

万梅花庐

近现代·高燮

飞龙桥畔万梅庐[①],
钝剑诗人此卜居。
一角选楼名变雅[②],
吟声夜半出窗虚。

万梅花庐遗址(摄影：张境)

高燮

　　见《新城篇》，此处略。

● **题解与赏析**

万梅花庐,为南社创始人之一高旭在张堰的一处居所。万梅花庐一水回环,隔岸即是广袤田畴,一批革命志士相继穿梭,往来策划。1909年,因刺杀两江总督端方入狱的陈陶遗出狱,会同柳亚子到万梅花庐拜望高旭,三人相见,痛饮三日,无日不酒,相与拍板南社成立的一应准备工作,约定由高旭撰宣言、定宗旨;柳亚子写社例,定社事;陈去病拟启事以资召集。此次万梅花庐的三人相会,落实了所有具体事宜,南社呼之欲出。朱剑芒《我所知道的南社》中说:"1909年南社在虎丘成立,高旭虽是最早的发起人之一,但当时他的声名确比去病、亚子为大,为了避免清政府侦伺,就使他不能参加。"万梅花庐,从此成为反清革命与南社的活动中心。据当地人介绍,万梅花庐是三进三开间的老宅,抗战时曾遭日军洗劫,解放后先后被政府改为联合诊所(张堰卫生院)、张堰幼儿园、张堰小学等。万梅花庐不仅有孙中山、章炳麟等名人的手书匾额,还有高旭广征《万树梅花绕一庐卷》题咏,以及柳亚子等常来万梅花庐留下的不少关于梅花的酬唱。如今,院内双桂探出长墙,石库门上"万梅花庐"四个篆字依然述说了这里"千树万树梅花深"的轶事。高旭生于秦山脚下高氏老宅,光绪末年在张堰镇飞龙桥筑万梅花庐,房前屋后,遍植梅花,柳亚子等为题《万树梅花绕一庐卷》,章炳麟手书"凝晖堂"匾额,书房"万梅花庐"匾额系林虎手笔,堂上有孙中山手书条幅。高旭大量著作均在此完成。

注 释

①万梅庐：1903年，高旭在张堰镇上飞龙桥边筑"万梅花庐"。当时由他领导的同盟会江苏分会的革命机关夏寓关闭，他只得返回家居，房前屋后培植了数千株梅花，有"一泓清流，万梅绕屋"之称，书斋称为"万树梅花一草庐"。他有诗云："十日不出户，落花一尺深"；"天下爱花谁似我，画梅端合署梅痴。"梅花对于他来说，是一种家国精神，从心到自然的契合。

②《诗经》中《小雅》《大雅》的部分内容，与"正雅"相对，一般是指反映周政衰乱的作品。《诗大序》："至于王道衰，礼义废，政教失，国异政，家殊俗，而变风、变雅作矣。"

今 译

飞龙桥边的万梅花庐，诗人高旭选择在这里居住。楼阁建筑称为变雅楼，夜晚时分时有吟诗声传出窗外。

（撰稿人：高文斌）

松江竹枝词(其四)

清·黄霆

细雨初晴海雾收,
张泾古堰尚安流①。
茫茫独树营何处?
只有云山不碍楼②。

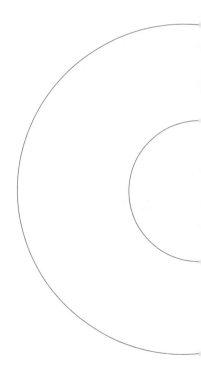

黄霆

见《新城篇》,此处略。

● 题解与赏析

　　传说两千年前的西汉开国功臣张良，功成身退，追随赤松子游，曾隐居张堰。"堰"字，指唐末五代（公元907年前后）所建华亭濒海之"堰海十八所"。至清乾隆间，"所存者唯张泾一堰"，其余皆为海水所淹覆。由于海潮浸淹，南宋时期三山陷海，张堰地区也饱受海水之累。朝廷置张泾闸，今遗留之地名"闸上"，即为张泾闸的历史遗存。诗中写到的"不碍云山楼"，乃清时张堰乡贤杨谦为了远眺海上三岛而筑。杨谦读书尚志，无意于仕途，一时得望于远近，高人胜士多与之交往。

　　诗的一、二句写景，言细雨初收，天空刚刚放晴，海上云雾也一时消退；张泾古堰虽深受海潮侵扰，却依然静流安稳，并无大碍。在质直的描述中，流露出一种雨收雾尽之后的安然、恬然的况味。诗的第三句，以"茫茫独树营何处"相询，引出"只有云山不碍楼"，应有所遥寄。"茫茫"生涯中的"独树"，应该是暗指杨谦。竹西（杨谦字竹西）于宦海之外寄情"云山"，与"云山"相得无碍，当然是别有所"营"。诗人出此二句，其对杨谦的仰慕敬重之意不难想见，也算是一种自我勉励和期许。

● 注　释

①张泾一堰：唐末五代（公元907年前后）建华亭濒海之"堰海十八所"，至清乾隆年间，"所存者唯张泾一堰"，即今张堰。安流：平稳的流水。
②云山不碍楼：即不碍云山楼。张堰杨谦读书尚志，不乐仕途，多与高人胜士交游。曾筑小楼以眺海上三山，遥寄情怀。

● 今　译

　　细雨初收，天空放晴，海上云雾也一时退去，张泾古堰静流安稳，无所大碍；茫茫生涯中，是谁别有追求，在哪里？只有筑不碍云山楼以观沧海的杨谦杨竹西。

（撰稿人：张锦华）

秦王山

清·汪巽东

徐市船归海上迟[①],
辒车六月井陉驰[②]。
山头自有长生草,
不向仙人乞一枝。

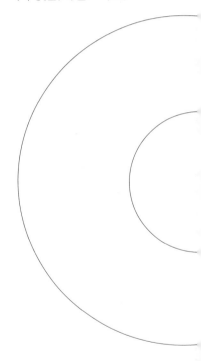

汪巽东

见《新城篇》,此处略。

● 题解与赏析

　　秦王山即秦望山，在张堰镇西部。清乾隆《金山县志》载，"秦始皇登山望海，山右有秦皇辇道"。因坑产白垩，"垩"与"恶"同音，取其反意，又名白善山。别名秦山，或秦驻山。海拔30.5米，东北坡陡，西南坡缓。有灌木丛分布。相传，秦王山原多奇峰、怪石、灵洞等胜迹，旧志载有仙人洞、飞来石、老人峰、翠微峰、龙游洞、白龙洞、石马蹬、试剑石等所谓"秦山八景"，留有不少神话传说，历来为骚人墨客吟咏及远近村民春游之地。每年农历三月初一、月半、廿八和四月初一，秦山有集，届时商贩云集，人流如潮，成一时盛景。《张溪竹枝词》："野畦春暖日迟迟，秦望山头景物滋。田妇村童都结伴，桃花看到菜花时。"唐代诗人薛据有"南登秦望山，目极大海空。朝阳半汤浴，晃朗天水红"的诗句，真实记录了当时热闹场面。而这首诗则用不无诙谐的笔调，调侃当年徐福为秦王海上求仙，无功而返，其实是要"点赞"一下秦望山，端属乡土情怀使然，幽古人一默也。

　　诗的一、二句是说，方士徐福出海寻仙迟迟不回，秦始皇的丧车却已在六月驰过井陉（xíng，地名，位于今河北省西部边陲，冀晋结合部，太行山东麓）。三、四句说秦望山山头有长生不老的仙草，如若秦皇早知，又何必派人去向海上仙人乞讨？总之，这是一首立足当地史迹的怀古咏史诗，启人深思。

● 注　释

①徐市[fú]：即徐福，秦方士。受始皇遣，入海求仙，数岁不得。
②辒车：古代一种卧车，常用作丧车。井陉[xíng]：地名，位于今河北省西部，冀、晋结合部，太行山东麓。

● 今　译

　　徐福求仙的航船还没从海上回来，始皇的丧车六月就已经驰过井陉。秦望山上自有长生不老的仙草，何必劳师动众去向仙人乞讨呢？

（撰稿人：张锦华）

赤松溪

清·汪巽东

鹿卢乘蹻向何年[①]?
灵迹虚无纪海堧[②]。
太息文成思辟谷[③],
终缘富贵舍神仙。

汪巽东
　　见《新城篇》,此处略。

● 题解与赏析

张堰，晋朝即已成市，时称留溪镇。南宋《云间志》称，相传张良精通黄老之道，不恋权位，晚年跟随赤松子云游四海，曾居此，故张堰又名赤松里、赤松溪、张溪、留溪。汉高祖刘邦曾令张良自择齐国三万户为食邑，张良辞让，谦请封最初与刘邦相遇的留地（今江苏沛县），刘邦准允，故张良又称"留侯"。后张良自请告退，摒弃尘事，专心修炼黄老之学，静居求仙。

但吕后感德张良，劝其毋需自苦，张良终究还是听从吕后所劝，仍服人间烟火。公元前189年，张良去世，谥号文成。这是一首臧否古人的怀古咏史之诗，所咏叹的，正是当年张良的身世事迹。诗的第一、二句，大抵是说当年张良功成身退，仗着鹿卢剑，穿着乘蹻鞋（方士所穿之鞋），为了远避"敌国破，谋臣亡"兔死狗烹的宿命，鸟尽弓藏，追随赤松子浪迹天涯，到了沿海一带求仙访道。虽然海边神明显灵的遗迹实属虚无，根本无从觅得，但远离帝王家的权力争斗，毕竟还是收获了了无挂碍的逍遥和自在。只可惜张良的"离开"并不彻底，最终还是听了吕后的话，回头服了人间烟火。诗的三、四句抒情，以"叹息"的口吻暗讽张良虽然一时立誓不食五谷，欲成仙道，到最后却仍然经不起诱惑，放弃了求仙的初衷。在后世对张良这位"帝王师"大量的赞美之词之外，诗人能发表自己的独立评价，实属不易。

● 注释

①鹿卢：鹿卢剑。乘蹻：道家所谓的飞行之术。蹻[qiāo]：方士穿的鞋。
②灵迹：此有神明的遗迹。海壖[ruǎn]：海边之地，沿海地区。
③文成：张良谥号文成侯。辟谷：却谷，去谷，绝谷，即不食五谷，道家养生方式。

● 今译

仗着鹿卢剑，乘蹻飞行，到海边访仙求道不知多少年前，神明显灵的遗迹却虚无不见。令人叹息的是张良一心想着不食五谷，却最终还是因为荣华富贵放弃了问道成仙。

（撰稿人：张锦华）

秦山竹枝词（其一）

清·吴大复

十里山塘水色鲜①，
菱花开处藕花连。
轻舟荡入波心里，
只少吴娃唱采莲②。

吴大复

  生卒年不详。字翔云，号竹溪，原名光复。金山张堰镇人，清诸生。

● 题解与赏析

秦山在上海金山区的张堰镇,有一座不高的小山叫秦山。在秦山的侧边有一条小马路叫秦望路,传说是因秦始皇来此巡视观海而得名,故又叫秦望山、秦皇山、秦驻山。

从历史上看,靠海的金山这块区域,还真跟古文化、古迹有些关联。比如亭林、查山、戚家墩等处就发掘出了春秋、西汉时的不少文物。而在张堰的秦山上,历史上曾有秦皇辇道、仙人洞、试剑石等旧迹。顾野王《舆地志》中记载:"秦始皇至会稽、句章(今慈溪),渡海经此。"可见当年秦山确为秦始皇登临之处。清代张堰籍诗人时光弼的《张溪竹枝词》云:"野畦春暖日迟迟,秦望山头景物滋。田妇村童都结伴,桃花看到菜花时。"形象地描绘了秦山之美。其它史料也记载:"秦山昔有八景:仙人洞、飞来石、老人峰、翠微峰、龙游涧、白龙洞、白马墩、试剑石。""清康熙、雍正年间,山上先后增修观音殿、如来殿、罗汉堂、关帝殿等,咸丰年间毁于战事。"当地还流传一句俗语:叫"三月三,游秦山。"说的便是明清时期秦山三月庙会,由此不难想象当年秦山上殿堂楼阁、绿树红墙、香烟缭绕、晨钟暮鼓的情景。

竹枝词是一种诗体,是由古代巴蜀间的民歌演变过来的。唐代刘禹锡把民歌变成文人的诗体,对后代影响很大。竹枝词在漫长的历史发展中,由于社会历史变迁及作者个人思想情调的影响,其作品大体可分为三种类型:第一类是由文人搜集整理保存下来的民间歌谣;第二类是由文人吸收、融会竹枝词歌谣的精华而创作出有浓郁民歌色彩的诗歌;第三类是借竹枝词格调而写出的七言绝句,这一类文人气较浓,仍冠以"竹枝词"。之后人们对竹枝词越来越有好感,便有了"竹枝"的叫法。

诗人吴大复是张堰人,写的竹枝词就是张堰(秦山)地区的风土人情,具有浓郁的江南水乡的地域特色,原汁原味的农村风情风貌。

金山南濒杭州湾,大江大河横贯腹地,支港小浜密如蛛网,古有泽国之称。海滨、江村、水乡之秀,在诗人笔下更具深远意境;鱼米之乡,物产丰富,水产更具特色。诗人写来,历历如绘,表达了诗人热爱家乡的感情。

　　一、二句描写秦山、山塘河,其河水面广阔,是水生植物的良好的种植地,人们遍植菱藕等,菱花、藕花次第开放,好一幅水生植物美景图画。三、四句写小船驶入菱藕丛中,香气扑鼻,只缺少采莲姑娘歌唱采莲曲的美妙歌声了,如果加上采莲曲美妙的歌声,那该多么美好啊!通过景物和场景的描写,为诗人自己提供荡舟河心的舞台和亲身的经历,诗的意境明晰,表达诗人深爱家乡的浓浓感情。

● 注　释

①山塘:秦山附近山塘河。
②采莲:指《采莲曲》,古曲名。内容多描写江南一带水国风光,采莲女劳动、生活情态。

● 今　译

　　十里山塘水面宽阔水质清澈鲜亮,菱花、藕花次第开放,美不胜收。驾一叶小舟荡入河心,香气扑鼻好不惬意,只是缺少采莲姑娘哼唱采莲曲的美妙歌声。

(撰稿人:姚金龙)

秦山竹枝词（其二）

清·吴大复

落尽红桃燕子忙[①]，
小南山北菜花黄。
苔心入市须清早[②]，
换得时新白蚬尝[③]。

吴大复
    见《秦山竹枝词》（其一），此处略。

● 题解与赏析

　　这是一首典型的农家生活的生动写照。首联抓住桃花、菜花、燕子的等意象，栩栩如生地展现一幅春意盎然的乡村景象。尾联接着写人们的生活，撷取一个特写镜头，一清早用菜心去换蚬子的事情，真实反映江南水乡的渔人、农人生活特征。菜心是农产品，蚬子是水产品。春季菜心、蚬子都是农家的美味。

● 注　释

①红桃：指粉红的桃花。落尽红桃指桃花都凋谢了，并非是桃子都掉落了，是点明具体的时间。
②苔心：苔心，俗名苔心菜，是青菜抽苔时的嫩茎，也包括茎。掐苔心菜的大多是八月青、矮大头、塌棵菜、紫梗菜等。
③白蚬：蚬子，栖息于咸淡水和淡水水域内。肉味鲜美，营养价值高，可供食用，也是鱼类、水禽的天然饲料。

● 今　译

　　春天里，不知不觉桃花落光了，燕子也飞回来忙着筑巢，小南山（秦山）北边的菜花一片金黄。要想将青菜心去卖掉必须起个大早，那就可以到集市上换取蚬子来尝个鲜呢。

（撰稿人：姚金龙）

秦山竹枝词（其三）

清·吴大复

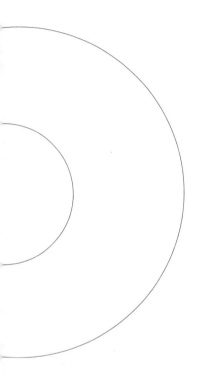

列市山前百货饶^①，
东风村店酒旗招。
游人归醉春泥滑，
扶上山西亭子桥。

吴大复

　　见《秦山竹枝词》（其一），此处略。

● 题解与赏析

　　这是描写农村商品交易的生活场景。第一句概括交易点（商摊）的多，各种各样的货物品种多，门类齐全，货物丰富。第二句重点介绍酒家酒旗在春风中招展，引人注目。第三句描写有游人喝酒大醉，在很滑的泥路上不能行走。第四句进一步描写酒徒上桥只能靠别人搀扶。整首诗从许多商摊（店）起笔，介绍商品交易，集市热闹非凡。接着先聚焦一酒家，再聚焦喝醉酒的酒徒，醉不成步，更不能上桥的醉态，生动形象，从而反映集市的繁荣。

● 注　释

①百货饶：百货多。

● 今　译

　　秦山前的集市上物品丰富，热闹非凡。一酒家的酒旗招牌在春风中飘扬，似乎在招揽生意。有游人走进酒家，喝酒大醉，春天的泥路很滑，不能行走，靠人搀扶才走上山西面的亭子桥。

（撰稿人：姚金龙）

张溪竹枝词(其一)

清·时光弼

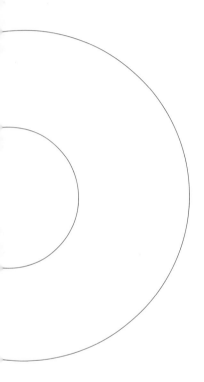

酒熟鸡肥度岁天,
农家速客不须钱①。
朝来新摘苔心菜②,
换得青蚨买海鲜③。

时光弼

　　生卒年不详。字右军,金山张堰镇人。清代诗人,廪生,少有神童之称。著有《右军文稿》《若庵仙史吟草》等。

题解与赏析

张堰镇旧名赤松里，相传汉留侯张良从赤松子游曾居此，故又称留溪、张溪，晋朝已形成商市，时称留溪镇。张堰地区田土膏腴而水网纵横，风光旖旎，蜚声四海；物产丰饶，富甲一方。

中唐诗人刘禹锡在参与王叔文的政治革新失败后，牵连坐罪，迭遭贬谪。当他贬官任夔州刺史时，除了流连于三峡雄奇险秀的山水之间，同时也对巴渝地区活泼清新的民间歌谣情有独钟，多所采撷。其显例就是根据当地民歌的风格改制新词，用七言绝句的体裁和民歌谣谚的词藻完美结合，自创了一种全新的诗歌样式——竹枝词。刘禹锡所作竹枝词迄今尚存11首，内容多赋咏三峡风光和男女恋情，语言通俗明畅，音调轻快悠扬，将诗意和民风融于一炉，词浅意深，语近情遥，予人以耳目一新之感，令文人雅士和贩夫走卒俱为之心折，传诵不衰。

竹枝词自刘氏创体以来，脍炙众口，流播广泛，后世文人多有仿作，踵事增华，作品山积。随着时代推移，内容亦突破畛域，从地域风光、男女恋情拓展到物产美食、劳动场景、经济生活、民间习俗诸领域，生活气息更加浓烈，纪实特点愈加彰显，从而成为研究地方风土民情的第一手资料。由于竹枝词植于民间土壤，以底层群众喜闻乐见的事物作为描写客体，且具有易诵易记的特点，因而其"人民性"无疑远胜于士大夫阶层才能欣赏的古典诗词，这也是它葆有持久生命力的主要原因。

这首竹枝词生动描绘张堰农家欢度农历新年的情景，首句点出节令，轻快活泼。第二句抒写有客到门的喜悦心情，放笔直书，兴味盎然。第三、四两句描绘主妇以园蔬入市售卖，置办海鲜款待客人，农家质朴好客的天性跃然纸上，于细微处具感染力。

● 注释

①速客：请客。

②苔心菜：是青菜抽苔时的嫩茎，也包括茎。招苔心菜的大多是八月青、矮大头、塌棵菜、紫梗菜等。

③青蚨：古指铜钱。

● 今译

酒美鸡肥正是过年的好天，农家请客并不费钱。清早摘取新鲜苔心菜，入市售后买得海鲜款客。

（撰稿人：姚金龙）

张溪竹枝词(其二)

清·时光弼

野畦春暖日迟迟①,
秦望山头景物滋。
田妇村童都结伴②,
桃花看到菜花时。

时光弼

　　见《张溪竹枝词》(其一),此处略。

● 题解与赏析

　　这是一首描写乡居生活的诗。第一句描写春天物候的变化，早春寒意未减，春天的脚步有些缓慢。第二句重点写当地名胜秦望山上春回大地的景物变化。第三句写当时的习俗，"秦望山，三月三"庙会的热闹场景。大家一起去庙会，就连农妇孩童都结伴而去了。第四句说明时间较长，从桃花开一直到菜花开，大概一个多月时间。从诗句得知当时秦山庙会有多么热闹啊！

● 注　释

①野畈：指野外的田地。
②田妇：农妇。

● 今　译

　　看着野外的田地可见今年春天的脚步有些晚，秦望山上的景物稍清润。不过"三月三"的庙会依然热闹，连农妇孩童都结伴而行，从桃花开一直到菜花开。

（撰稿人：姚金龙）

留溪杂咏

清·王丕曾

水流九曲到溪东①,
庐井桑麻在在同②③。
查岭晓云秦岭月,
人烟聚处恰当中。

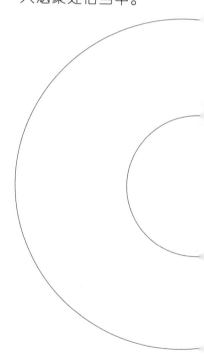

王丕曾

(1824—?)

　　字研农,金山张堰人,清代廪贡生,系清名门望族康熙年间工部尚书王鸿绪曾孙。濡染家学,早擅画名。著有《留溪杂咏》等。

● 题解与赏析

张堰镇上原有条留溪（1958年疏浚张泾河时，将板桥至南河寿安桥段填成了街道），由西向东，水流九曲。平时溪流很小，水势缓慢，但每当大潮汛时，张泾河水滚滚而来，流至南湖，潮水突然改向，于是涌入留溪。留溪水面不宽，骤然潮水涌入，顿时外口水位增高，犹如江河决堤，溪水汹涌湍急，白浪滔滔，甚为壮观，市民纷至河堤观望。虽然时间很短，却也蔚为壮观。于是便成了"张堰八景"之一的"留溪观潮"。留溪则是张堰的别称。

这是一首歌咏家乡留溪的诗篇。第一句描写张堰"留溪八景"之一的"留溪观潮"，具体描写出留溪的走向由西而东，并且弯弯曲曲。留溪水面不宽故称为溪，不称河。第二句转向留溪小镇周围的农村，农村人家的房舍、田园处处相同。第三句则写留溪两侧的两座山，南边的查山，西边的秦望山。第四句再回到留溪小镇，人烟聚处正好在两山中间。

● 注　释

①九曲：这里指留溪的走向，由西向东弯弯曲曲。
②庐井：泛指房舍田园。明何景明《城南妇行》："况复官军至，烧焚庐井荒。"
③在在同：处处相同的意思。

● 今　译

河水流入九曲溪的东头，小镇外的农家房舍田地处处相同。早上看查山的云霞，晚上看秦望山的明月，人烟聚集的留溪小镇正好在两山的当中。

（撰稿人：姚金龙）

暮春邻翁偕游张堰

清·赵玉德

张泾桃李笑华颠①②,
麦浪浮城翠拂天。
沙暖野凫眠小渚③,
泥融新燕掠平阡④。
同舟共话人三两,
入市先沽酒十千⑤。
廿里官塘归棹缓⑥,
查山南去月娟娟。

赵玉德

　　生卒年不详,浙江归安人。清光绪时两任青浦白鹤江把总,著有《鹤川醉尉诗存》一卷。

● 题解与赏析

张堰镇旧名赤松里，相传汉留侯张良从赤松子游曾居此，故又称留溪、张溪。晋朝已形成商市，时称留溪镇。唐代为御海潮置华亭十八堰，其中之一为张泾堰，镇袭堰名，俗称"张堰"。张堰镇有浦东场大使署，明代设金山巡检司署和税课局，清代设有金山分府署。张堰镇之名从唐末五代沿袭至今有一千一百年。

诗题"暮春"即点明游览的时间；"邻翁偕游"即点明游览的人物；"张堰"点明游览的地点。诗人与邻翁一起在暮春时节兴游张堰。

第一联首先写当天的游览是乘船的，张泾河两岸的果树、麦浪引起诗人的兴趣，长势良好让诗人欣喜，农民们丰收在望。第二联则描写野鸭和新燕生动地传递春意盎然的景象。第三联则写人物，同船的几个游人谈笑、喝酒，好不愉快呀！第四联写月亮，点明游玩时间之长，天色已晚，用明亮美丽的月亮以喻内心的愉悦，赞美家乡张堰的美好。

● 注 释

①张泾：即张泾河，是黄浦江的一条支流，它的源头从松江的泖港入口，沿途流经金山的松隐、新农、张堰、干巷、金山卫等五个乡镇。张泾河作为黄浦江的一条支流，全长约25.36千米，平均宽度约50米。

②华颠：白头。指年老。

③野凫 [fú]：野鸭。

④平阡：田间的平坦小路。

⑤沽 [gū]：买。

⑥官塘：指山塘。

今 译

　　张泾河的桃花、李花似乎也在嘲笑我们两个白发翁，镇外的农田麦浪一片翠绿一眼望不到边。天气暖了，野鸭安然地睡在河边的泥堆上，新来的燕子掠过平整的小路衔泥筑巢。同一小舟上的几个人不停地谈论着，到集市上先买一些酒，边喝边聊。在官塘不知不觉行了廿里了，船也放慢了速度，过了南边的查山，美妙秀丽的月亮升起来了，一天的游览意犹未尽。

（撰稿人：姚金龙）

暮春道出秦望山塘

近现代·姚光

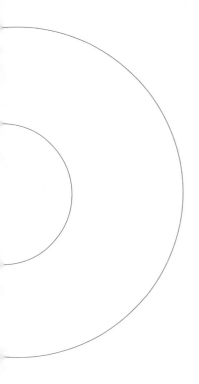

山塘曲曲柳丝丝①,
正是春深日暮时。
流水落花归去也②,
山光明媚动愁思③。

姚光

见《枫泾篇》,此处略。

● 题解与赏析

秦山，在上海金山区张堰镇，有一座不高的小山，传说因秦始皇来此巡视观海而得名，故又叫秦望山、秦皇山、秦驻山。在张堰的秦山上，历史上曾有秦皇辇道、仙人洞、试剑石等旧迹。南朝史学家亭林人顾野王在《舆地志》中记载："秦始皇至会稽、句章（今慈溪），渡海经此。"清代张堰籍诗人时光弼诗《张溪竹枝词》云："野畦春暖日迟迟，秦望山头景物滋。田妇村童都结伴，桃花看到菜花时。"形象地描绘了秦山之美。其它史料也记载："秦山昔有八景：仙人洞、飞来石、老人峰、翠微峰、龙游涧、白龙洞、白马墩、试剑石"。"清康熙、雍正年间，山上先后增修观音殿、如来殿、罗汉堂、关帝殿等，咸丰年间毁于战事。"

此诗写诗人走过镇西的秦望山，来到山塘河，继而引发伤春之愁，第一句从山塘河的弯曲以及河岸边的柳丝，看着碧绿的柳枝又细又长。第二句直接点出已经是暮春时节，春深就是暮春。看着绿树和夕阳，总感到时间呀过得真快，春天美好的事物呀也难以留住。第三句转入抒情，眼看着落花满地，飘入河中，被河水无情地带走。这里诗人用了李煜的《浪海沙令》句子"流水落花春去也"，与李煜有着相通的伤感之情。第四句点明本诗的主题，纵然山的风光还是那么的鲜明可爱，但毕竟是暮春时节，许多鲜花都已凋落，伤春的愁思不由自主而迸发。

● 注释

①山塘：指秦山南面的东西走向的河流名叫山塘河。

②流水落花：就是"落花流水"（为了调平仄而倒装的）。暮春时，凋零的落花被流水带走的景象。

③明媚：（景物）鲜明可爱。

■ 今 译

　　暮春的一个傍晚，夕阳西下，我走过秦望山，来到山塘河畔。抬眼望去，山塘河呀弯弯曲曲，河两岸的柳树细枝绿叶随风摇曳。再看那鲜花凋落，许多花瓣飘入河中，被河水带走，心里是多么的不舍呀。纵然山的风光还是那么的鲜明可爱，仍不由自主地触发伤春的愁思。

山塘河（摄影：祁磊）

（撰稿人：姚金龙）

吕巷篇

出璜溪

明·贝琼

白首事章句①,不登金马门②。
空名苦为累,遂枉三聘烦③。
一瓢虽屡空④,五鼎非所存⑤。
愿偕田父游⑥,卜宅溪南村⑦。
霜寒收柿栗,日暮牧鸡豚⑧。
去矣从本性,得与巢许论⑨。

贝琼

　　见《枫泾篇》,此处略。

● 题解与赏析

　　金山吕巷，原名璜溪，始建于宋代，后因元代名士吕良佐居此地而改名吕巷，与干溪（干巷）、珠溪（朱泾）、留溪（张堰）合称为金山四大古镇。

　　这是元末文人贝琼经过璜溪时写下的一首咏怀古诗。诗歌分为两个层次，前六句为第一层，主要叙述诗人的人生经历与现状。诗中连用四个典故，表达自己因仕途不顺而失意落寞的惆怅情绪。根据史料记载，贝琼在元代一直没有踏入仕途，到了人生的晚年才出仕明朝，这六句诗正是他一生的真实写照。诗歌的后六句为第二层，抒发自己的人生理想和隐逸之志。前两句开门见山，直接表达自己的归隐之志。"霜寒收柿栗，日暮牧鸡豚"一句，是对未来隐居南村生活的美好想象。末句点明主旨，以巢父和许由两个历史人物作结，更加坚定了自己归隐山林的信念。

　　贝琼师从元末著名诗人杨维桢学诗，他的诗歌"温厚之中自然高秀"（《四库全书总目》），正如这首诗一样，古朴典雅，温婉含蓄，堪为代表之作。

● 注释

①事：从事，研究。章句：古籍的分章分段和标点句读，是古人读书治学最基本的文字功底。

②金马门：汉代未央宫宫门。门旁竖有铜马，故称为"金马门"，汉武帝曾使学士待诏于此。唐刘禹锡《为郎分司寄上都同舍》："籍通金马门，身在铜驼陌。"

③枉：徒然，白费。三聘：指东汉末年刘备三顾茅庐聘请诸葛亮之事。唐杜甫《蜀相》："三顾频烦天下计，两朝开济老臣心。"

④一瓢虽屡空：形容生活非常贫困。晋陶渊明《五柳先生传》："环堵萧然，不蔽风日，短褐穿结，箪瓢屡空。"

⑤五鼎：古代行祭礼时，大夫用五个鼎，分别盛羊、豕、肤、鱼、腊五种供品。

西汉司马迁《史记·平津侯主父列传》:"丈夫生不食五鼎食,死即五鼎烹耳。"

⑥田父:老农。

⑦卜宅:选择住地。唐杜甫《为农》:"卜宅从兹老,为农去国赊。"

⑧豚[tún]:小猪。

⑨巢许:巢父和许由的并称,代指隐士。

今 译

满头白发的年纪了,还在寻章摘句,没有考取功名科第。人的一生往往被功名利禄所牵累,即使像刘备那样三顾茅庐也是枉然。生活是如此困窘,死后也恐怕默默无闻。我还是像老农那样吧,去隐居在溪边的南村。秋天收获柿子和板栗,傍晚赶着禽畜归圈。归隐原来就是我的本心,巢父和许由正是我的人生知己。

(撰稿人:倪春军)

顾丈蕉庵嘱题古愚先生《璜溪钓隐图》

近现代·彭鹤濂

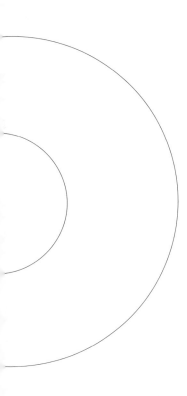

青山一派屋头斜①，
指点璜溪是我家。
昨夜新添三尺水，
一船网得万桃花。

彭鹤濂
    见《枫泾篇》，此处略。

● 题解与赏析

　　这是一首题画诗，刊于 1935 年《国专月刊》第 2 卷第 4 期，所题对象乃是何古愚所绘《璜溪钓隐图》。金山吕巷，旧称璜溪，图中所画应该就是一位隐居吕巷的溪边钓叟。诗歌前两句紧扣画作，运用写实的笔法，描绘画中的青山人家。后两句展开想象，一夜春雨过后，溪水猛涨，渔人撒下渔网，打捞起一片流水落花。钱锺书先生评价彭鹤濂诗"清词丽句，洵众作之有滋味者也"（《棕槐室诗》卷首"名家评语"）。本诗清新自然，短小有味，诚如斯言。

● 注　释

　　①屋头：房屋之上。唐代杜荀鹤《怀庐岳书斋》："煮茶窗底水，采药屋头山。"

● 今　译

　　青山绿水，璜溪岸边，那里有我的几间茅舍。昨夜春雨潇潇，溪水猛涨三尺之高。一网撒下，没有网到鱼虾，却网来了流水落花。

（撰稿人：倪春军）

草阁①

明·陈继儒

霏霏雨过湿垂杨,
草阁同登更举觞。
绿草沉溪来白燕②,
远山一抹映斜阳。

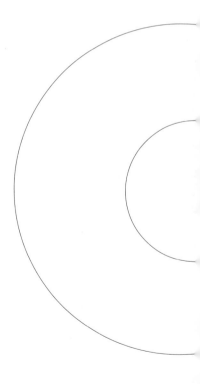

陈继儒

（1558—1639）

字仲醇，号眉公。华亭泖桥（今属金山枫泾镇）人，晚明才子。明代著名的文学家和书画家。29岁时，焚儒衣，绝意科举仕进。后隐居佘山，交友广泛，固守布衣，名闻天下，有"山中宰相"之称。他学识广博，诗文、书法、绘画均所擅长，兼爱戏曲、小说。所藏碑石、法帖、古画、砚石、印章甚丰。书、画俱佳，与董其昌齐名，为松江画派的代表人物之一。著作甚富，有《陈眉公先生全集》等。

● 题解与赏析

　　这是作者与友人寻访金山名胜古迹草阁所写的一首诗。草阁在金山吕巷太平寺南，是元末明初诗人袁凯筑宅隐居的地方。袁凯，生卒年不详，字景文，号海叟，华亭人。曾作《白燕》一诗，得杨维桢的盛赞而名闻遐迩，人称"袁白燕"。洪武三年（1370）任监察御史，后因事为朱元璋所不满，伪装疯癫，以病免职回家，以寿终。著有《海叟集》等。

　　首句意为飘扬的细雨湿润了垂杨，反映的是在雨中登阁时的外景。第二句叙说作者与友人一起来到草阁后相聚饮酒赋诗的景况。前二句用的是白描手法，推出一幅雨中登阁、相聚饮酒的画面。第三句说的是草阁周围有条小溪，绿草沉浸在溪水中，还有白色的燕子飞来。粗粗一看，作者还是在描绘草阁周边的景色，但这里的"白燕"一词是双关语，明面上是指有白色的燕子飞来，实际上是在思念有"袁白燕"之称的诗人袁凯。第四句承接前面依然是对景物的描写，呈送给人一幅遥望远山映照在一抹斜阳中的图景，但"斜阳"两字，多少透露了作者对草阁古迹的一丝惆怅，也是委婉表达了对明初诗人袁凯的一种追思。全诗浓墨写景，景中寓情，艺术手法运用十分娴熟。

● 注　释

①草阁：在金山吕巷太平寺南，是元末明初诗人袁凯筑宅隐居的地方，袁自题有"草阁雨晴鸣翡翠""荒村处处闻流水，草阁时时自掩扉"等诗句。后来，吕巷人吴炯在这里建阁供奉袁凯像，故以名。
②白燕：是燕鸟的一个变种，被认为是祥瑞、神奇之物，在古诗词中代表一种意象，以元末明初诗人袁凯《白燕》诗最负盛名。

● 今　译

　　飘扬的细雨湿润了低垂的杨树，偕友一起登上草阁相聚饮酒赋诗。绿草浸入溪水还有白色的燕子飞来，遥望远山映照在一抹斜阳中。

（撰稿人：郁伟新）

璜溪

清·黄霆

绿柳低垂映碧高,
渔船半系板桥桩①。
多情最是璜溪月,
直送春流到浙江②。

黄霆
  见《新城篇》,此处略。

● 题解与赏析

　　吕巷历史悠久。经考古发现，原吕巷镇早在新石器时代，已有迁徙人群。唐天宝十载（751），吕巷地区隶属华亭县；清顺治十三年（1646）为娄县境；雍正四年（1726）建金山县以后一直隶属金山县。吕巷集镇在宋已形成。因璜溪穿镇而过，旧称"璜溪"。后因元代名士吕良佐居此地而改名"吕巷"，为县境内古镇之一。

　　这是一首歌咏吕巷小镇璜溪的诗。第一句着重描写璜溪两岸的垂柳风光，碧绿的垂柳倒影显得树很高大。第二句描写璜溪上的板桥以及河里的渔船，有的在河中行进，有的将船缆系在桥桩上，好一派捕鱼热闹的场景。第三句则抒情，那清澈蜿蜒的璜溪日夜流淌，特别是一轮明月悬挂天空，倒影溪中，勾起诗人万千思绪。第四句以璜溪流向到浙江，表达诗人将美好的愿望得以分享。璜溪是松江、平湖所共同拥有的，是松江与平湖友谊的纽带。

● 注　释

①板桥：当时河上的桥梁一般都是有桥桩和桥板所构成。桥面平坦，称板桥。
②浙江：这里指璜溪的流向，经今吕巷向西一直到平湖，属于浙江省。

● 今　译

　　河岸上碧绿的垂柳倒映水中显得很高大，渔船一半在行进，一半系在桥桩上。那一轮明月悬挂天空，倒映水中，将美好的春流一直送到浙江平湖。

（撰稿人：姚金龙）

东干竹枝词(其一)

清·倪式璐

采菱歌起水拖蓝,
红蓼青蒲秋影涵。
欸乃一声风水利,
顺潮已过落河潭①。

倪式璐

生卒年不详。字渔村,清代金山干巷(今金山区吕巷镇)人,生活于清代嘉庆前后。

● 题解与赏析

《东干竹枝词》,是倪式璐描写金山干巷地区的一组竹枝词。东干,是干巷的古称。清代金山人民以务农为主,兼事捕捞。除了沿海渔民外,内河有专业的渔民,妇女纺纱织布以补家用。诗人在描述金山自然、人文景观同时,表达了自己身处乡间逍遥自乐的情怀。

红蓼、青蒲、采菱歌,大自然诗意画境,干巷水乡风情扑面而来,这是诗人提供给我们很有画面感的意象,第三、四句则风推水助,让人在不知不觉中走过一村又一村,见识一景又一景,没有想到已经过了落河潭,以此说明被乡野风景陶醉之感。

● 注 释

①落河潭:为当地一河潭,有落潭湾,在今吕巷龙湾村。落潭湾边有落河潭桥,今称绿荷潭桥,民国二十一年((1932)当地富户干志庆于80岁时重建,初名寿辰桥。为三孔石质平桥,两侧桥柱脚上刻有楹联两副:东边上联是"八秩将开预筹建",下联是"万人共济永利通";西边上联是"绿荷每念深潭水",下联是"黄石长怀高士风"。

● 今 译

采菱歌声中水拖出青蓝色,水面倒映红蓼花与青菖蒲。"欸乃"一声小船儿顺风顺水,顺着潮水已经驶过落潭湾。

(撰稿人:高文斌)

东干竹枝词（其二）

清·倪式璐

田家栅口遍菰芦，
西胜东菱俨画图。
细雨半蓑船划白，
一竿常自趁凫雏①。

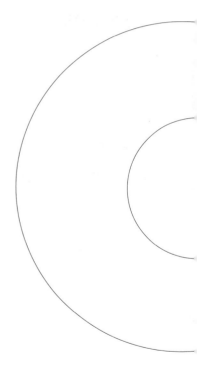

倪式璐
　　见前首，此处略。

● 题解与赏析

　　田家栅，为当地地名。清代顺治年间当地有田茂遇，字佛渊，号乐饥处士。以诗词雄视一时，才思敏捷，往往"伸纸立就，思若宿构"。刊有《大雅堂集》《悱斋集》《水西近咏》等诗集。又能词，著有《绿水词》《清平词》各一卷。其词风轩爽清峻。倪式璐所言田家栅即田家的居所，当地大户庄园以水栅隔离。第一、二句乃是写景，描绘江南湖水相接的自然风光，第三、四句用下雨划船，避开小野鸭这类有情趣的细节，点化了当地的情景。

● 注　释

①凫雏：幼凫。凫又叫野鸭、鹜。生长在江河湖泊中。常常几百只结伴飞行，它们飞行时发出的声音很大。南朝宋鲍照《三日》诗："凫雏掇苦荠，黄鸟衔樱梅。"明袁宏道《棹歌行》："生子若凫雏，穿江复入湖。"

● 今　译

　　田家栅口满是菰草与芦苇，西胜东边的菱像图画一样。穿蓑衣的人在细雨中划船，趁小野鸭游走再一竿划过。

（撰稿人：高文斌）

东干竹枝词（其三）

清·倪式璐

布谷啼时布种忙[①]，
韵听鹧鸪麦已黄。
鸿雁一来香稻熟，
稻场泾上稻登场。

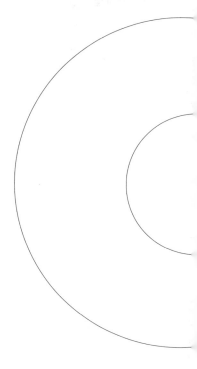

倪式璐

见前首，此处略。

● 题解与赏析

诗人以鸟与时节的比对,显示了季节的转换,也让人对诗人认真观察大自然,感佩不已,此诗真乃体现了诗与生活的相融共济。

● 注　释

①布种:撒籽栽种。

● 今　译

布谷鸟啼叫时耕种的忙季就到来了,听到黄鹂鹧鸪婉转的声音麦子黄了。鸿雁飞来时稻子开始成熟而发香,只见稻场泾上堆满了成片的稻子。

（撰稿人：高文斌）

干巷竹枝词(其一)

清·曹炌

胥浦红菱满路隈,
山塘白藕市成堆。
豆青最合供吟客,
粒粒皆从文字来。

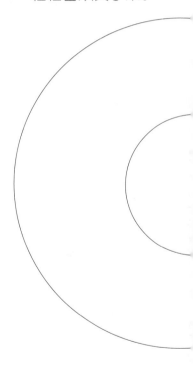

曹炌

　　生卒年不详。字雪厓,金山干巷(今金山区吕巷镇)人,生活于清嘉庆年间。

● 题解与赏析

　　干巷在上海市金山区中部，沈泾、新张泾交汇处。旧名干将里，相传春秋干将曾居此，故名。又传元代干姓望族居此，因名。旧又名干溪。

　　干巷地处江南水乡，河道如网，地势平坦。水生植物和瓜果蔬菜丰富得很。诗人抓住干巷地区的这个特点，有感而发。第一句与第二句运用了互文的方法，描写将胥浦的菱、藕与山塘的菱、藕，在路的角落堆得满满的，集市上也堆得满满的。十分形象地展现出水生产品的丰收景象。第三句转入文人吟诗、作文，吃着新鲜的豆角，吃着吃着，诗句、文字就吟出来了，好不惬意。

● 注　释

①隈[wēi]：角落。
②豆青：就是新鲜的青毛豆。
③吟客：指诗人。 唐郑谷《寄献狄右丞》诗："身为醉客思吟客，官自中丞拜右丞。"
④从：依顺。

● 今　译

　　胥浦的红菱、白藕堆满路的角落，山塘的白藕、红菱在集市上也堆积如山。诗人们最爱吃的是家乡最新鲜的青毛豆，一边吃着，一边诗句文字就不断地吟咏出来了。

（撰稿人：姚金龙）

干巷竹枝词(其二)

清·曹灯

野花开处尽婀娜,
年少渔娃向晚歌。
东胜景连西胜景①,
不知两地胜谁多?

曹灯

见前首,此处略。

● 题解与赏析

　　同样是干巷地区，农村景色迷人，处处鲜花野草，处处鱼虾蟹螺。充满着田园的生活气息。第一句从静态的花草着笔，描绘出一幅春花烂漫的美丽图画；第二句则从动态的少女唱着婉转的渔歌，展示出渔民愉悦的生活场景。第三句则罗列出具体的景点，东胜景、西胜景，打破诗句的节奏局限，用三字、一字、三字的节奏组成诗句，活泼生动。第四句则用模糊的比较，不需要答案的问句作结，给读者留下悬念，不断回味。

● 注　释

①东胜景：干巷东边的优美胜景。西胜景：干巷西边的优美胜景。

● 今　译

　　路边、河边的野花到处盛开着，婀娜多姿，捕鱼的少女在傍晚时分唱着甜美的渔歌。干巷那边的东胜景连着西胜景（一片胜景），不知道两个胜景到底是谁胜谁多一点呢？

（撰稿人：姚金龙）

其他

依韵和唐彦猷和华亭十咏（其二）

宋·梅尧臣

柘湖

柘土久陷没①，千岁嗟水滨②。
不复吴盐邑③，空有秦女神④。
浩荡吞海日⑤，旷阔迷天津⑥。
扁舟谁能往？旦暮逢渔人。

梅尧臣

　　见《新城篇》，此处略。

● 题解与赏析

  汉惠帝二年（193），海盐县境内地面发生塌陷，形成柘湖，位置在青龙江（今张泾河）东部，湖境西岸界大致沿青龙江走向，一直延伸到今金山三岛的东部。北魏郦道元《水经注》云："谷水东五十里有武原县，秦于其中置海盐县，后县沦为柘湖。"当时的柘湖湖面广阔，北承太湖，南通大海，北宋王安石有《柘湖》诗云："柘林著湖山，菱叶蔓湖滨。"梅尧臣的这首《柘湖》诗正是当年柘湖风光的真实写照。

  诗歌首联从时间的角度展开，叙述柘湖的悠远历史和千年往事，给人一种历史的凝重和沧桑。颔联以昔日繁华的吴盐邑和今日寂寞的秦女神形成鲜明对比，不仅照应首联，而且将时间视角自然转换为空间叙述。颈联驰骋空间想象，淋漓尽致地表现出了柘湖的浩荡辽阔，气势不凡。尾联由景及人，表达一种闲适逍遥的隐逸情怀。如今，随着漕泾地区盐业的发展和农田的屯垦，柘湖逐渐变成了陆地和良田。但是，在金山新城公园内，依然竖立着一座崭新的柘湖女神雕像，她不仅守护着这一方水土的安宁，而且也似娓娓诉说着柘湖的如烟往事。

● 注释

①陷没：陷落，沦没。

②嗟：赞叹。

③盐邑：海盐县的别称。

④女神：指柘湖女神。梅诗自注引《吴地记》："秦时有女子入湖为神。今存其祠。"

⑤海日：海上的太阳。唐代李白《梦游天姥吟留别》："半壁见海日，空中闻天鸡。"

⑥天津：星名，横跨银河中，位于北方七宿中的女宿之北。《晋书·天文志上》：

"天津九星,横河中,一曰天汉,一曰天江,主四渎津梁,所以度神通四方也。"

● 今 译

千里沃野的自然塌陷,形成了现在的浩淼湖滨。昔日的繁华盐邑已不复存在,只留下柘湖女神的美丽传说。烟波浩荡,似有吞吐海日之势;水面辽阔,使人迷失在天上人间。我独自一人泛舟湖上,早晚还能遇到来往的渔人。

（撰稿人：倪春军）

泖湖

宋·唐询

深谷弥千里①,松陵此合流②。
岸平迷昼夜,人至竞方舟。
照月方诸泣③,迎风弱荇浮④。
平波无限远⑤,极目涨清秋。

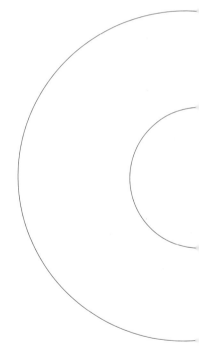

唐询

(1005—1064)

　　字彦猷,杭州钱塘(今浙江杭州)人。北宋天圣年间诏赐进士及第,除知长兴县。历任知杭州、勾当三班院等职。喜书法,好蓄砚,著有《砚录》。诗存《杏花村集》。

● 题解与赏析

泖 [mǎo]，原指水面平静的小湖。江南一带，湖泊密布，故多有用泖为地名者，如泖桥、泖港、泖溪等。泖湖，又名三泖，是古时太湖支流东江入海口因淤塞而形成的一片大面积带状湖泊，横跨松江、金山和青浦三地，并绵延至浙江平湖境内，形成于魏晋之际。北魏郦道元《水经注》记载："今太湖东注为松江，下七十里有水口分流，东北入海为娄江，东南入海为东江，与松江而三也。"唐宋时期，这一带水面辽阔，风景优美，唐代诗人陆龟蒙《奉和袭美吴中书寄汉南裴尚书》诗云："三泖凉波鱼蕝动，五茸春草雉媒娇。"宋何薳《春渚纪闻》记载："今观所谓三泖，皆漫水巨浸，春夏则荷蒲演迤，水风生凉；秋冬则葭苇蘩蘙，鱼屿相望，初无江湖凄凛之色。所谓冬暖夏凉者，正尽其美。"

这首诗描写的正是北宋诗人唐询泛舟游览所见的泖湖风光。诗歌首联描写泖湖的地理位置和水文特点，并从远景逐渐聚焦到泖湖之上。颔联一方面描写岸上的自然风光，一方面表现湖面的热闹景象。颈联抓住风、月、方诸、弱荇四个物象描写眼前风景，又通过"泣"和"浮"两个动词加以表现，惟妙惟肖，活灵活现。尾联又将视线伸向远方，并以清秋结尾，暗含深情。全诗视野辽阔，笔触细腻，形象生动地表现了泖湖一带的自然风光和风土人情。虽然当年的泖湖已不复存在，但是我们仍能从诗中想象旧日的浩淼烟波。

● 注　释

①深谷：幽深的山谷。晋陆机《从军行》："深谷邈无底，崇山郁嵯峨。"弥：满，遍。
②松陵：松陵镇，位于吴江县，境内河道纵横，水系发达。
③方诸：古代在月下承露取水的器具。唐释慧苑《华严经音义》引许慎注：

"方诸,五石之精,作圆器似杯,仰月则得水也。"

④荇[xìng]:荇菜,水生植物。唐李群玉《新荷》:"浮萍遮不合,弱荇绕犹疏。"

⑤平波:平静的湖面。

今 译

　　幽深的山谷绵延千里,蜿蜒的溪水到此合流。两岸平原辽阔,不分昼夜;湖上人来人往,百舸争流。明月当空,盘中的露水如鲛人泣泪;清风徐来,水面的荇菜随风起伏。辽阔的水面一望无际,深秋的美景映入眼眸。

(撰稿人:倪春军)

泛泖

元·杨维桢

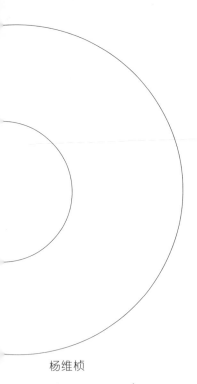

天环泖东水如雪,十里竹西歌吹回①。
莲叶筒深香雾卷,桃花扇小彩云开。
九朵芙蓉当面起②,一双㶉𫛶近人来③。
老夫于此兴不浅,玉笛横吹鹦浪堆④。

杨维桢

(1296—1370)

　　字廉夫,号铁崖、铁笛道人等,元绍兴路诸暨州枫桥全堂人。元末明初著名诗人、文学家、书画家和戏曲家。元泰定四年(1327)中进士,曾居吕巷、亭林、张堰等地,与陆居仁、钱惟善合称为"元末三高士"。

　　杨维桢的诗,既婉丽动人,又雄迈自然,史称"铁崖体",为历代文人所推崇,被称为"一代诗宗"。著有《春秋合题着说》《东维子文集》《铁崖古乐府》等。

● 题解与赏析

　　这是一首吟咏泖湖的七言律诗。泖湖，位于青浦西南，松江西和金山西北。分为长泖、大泖、圆泖，故称"三泖"。

　　首联前句写泖湖之开阔，一眼望去，蓝天环绕着泖东，而湖面上白浪翻滚如雪花一般。次句化用杜牧"谁知竹西路，歌吹是扬州"的诗句来赞美三泖值得歌咏。颔联意为所见美人穿着莲叶边直筒裙子香气袭人，手持桃花扇的人儿像彩云朵朵绽开。此联既写女子之美，又以美人来衬托，极言泖湖之美。颈联九朵芙蓉指华亭九峰，泛泖时远望九峰犹如九朵芙蓉迎面而起，近看有一对鸂鶒水鸟大胆地来到身边嬉戏。尾联：面对此景我兴致勃勃，横吹着笛子观赏飞鸟翱翔。此时，诗人以朴素的语言，表达出游兴未尽的心情。

　　全诗对仗工整，语言生动，景色清丽，不愧为吟咏泖湖的佳作。

● 注释

①竹西：是扬州一个具有深厚历史文化内涵的专有名词。扬州禅智寺，一名竹西寺，为扬州名胜之一。历史上许多著名诗人写过关于竹西的诗词，最有名的有杜牧的诗句："谁知竹西路，歌吹是扬州。"
②鸂鶒：古书上指与鸳鸯相像的一种水鸟。
③九朵芙蓉：指华亭九峰，如明董其昌也有"九朵芙蓉堕淼茫"诗句。
④鹢浪堆：鹢雀，鹢是一种候鸟，形似鹚鹕而较小。

● 今译

　　蓝天环绕着泖湖白浪如雪一般，悠扬的竹西诗歌在空中飘荡吹回。美人穿着莲叶边直筒裙子香气袭人，手持桃花扇像朵朵彩云绽开。远望华亭九峰如九朵芙蓉迎面而起，近看一对水鸟来到身边嬉戏。面对此景我兴致勃勃，横吹笛子观鹢雀飞舞在浪尖之上。

（撰稿人：郁伟新）

泖上夜泊

明·陆应阳

如此风波地①，孤舟未可前。
山青犹带雨，浪白不分天。
僧度寒钟外，帆收落雁边。
夜来方乞火②，能得有人烟③。

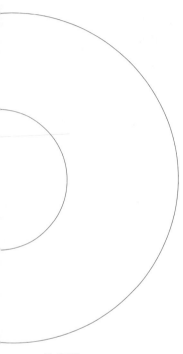

陆应阳

（1542—1627）

  字伯生，号古塘，明松江府青浦县人，晚居郡城。年青时工书善诗，富有文名，才华横溢，诗宗大历。学士黄洪宪及大学士许国、申时行皆折节交之。当时，王世贞好以名笼络后进，常誉应阳。应阳不往，时论益以为高。陆应阳曾修复孔宅，议扩郡城，多所施设。又好远游，故其游稿凡20多种。有《樵史》《太平山房诗选》行世。卒年86岁。作诗喜用"鸿雁"字，故人呼为"陆鸿雁"。

● 题解与赏析

这是一首描述作者坐船经过三泖时遇风浪而夜泊泖上的五言律诗。三泖原为松江、青浦、金山至浙江平湖间相连的大湖荡，现都已淤涨成田，仅剩些许不阔的河流。古代三泖分为长泖、大泖、圆泖，近金山泖桥，泖益阔，曰大泖。历史上"三泖九峰"是游览胜地，唐代以来很多著名诗人曾来此游览，留下了许多美好的诗文。

首联意为三泖这样风急浪高之地，孤独的船只难以再往前行，开篇讲得是夜泊的原因。颔联远望九峰，细雨霏霏中隐约可见青黛的山形，泖湖上白浪翻滚已分不清水面与天空。作者比较真切地描绘了当时泖湖的景况。颈联写船只停泊靠岸时的见闻，此时传来寺庙的钟声，让人联想起僧人每天置身于寒冷的钟声之外的情景；船帆收起时有鸿雁飞过，落帆好像就在鸿雁旁边。诗人所提到的钟声与鸿雁，对夜泊来说多少带来一些安详的信息。尾联"夜来方乞火，能得有人烟。"泊岸时已是入夜之际，此时才刚刚生起火来，从中能够知道这里也是有炊烟人家的。

全诗用词简练，对仗工整，写景细腻，是历代吟咏三泖诗文中的名篇佳作。

● 注　释

①风波：这里指风浪。
②乞火：求取火种。
③人烟：住户的炊烟，也泛指人家、住户。

● 今　译

三泖这样风急浪高之地，孤独的船只难以再往前行进。远处的青山带着细雨霏霏，白色的大浪分不清湖面与天空。寺庙僧人度日于寒冷的钟声外，船帆收起在下落的鸿雁边。入夜之际刚刚生起火来，能够知道这里也有炊烟人家。

（撰稿人：郁伟新）

秋日泛泖

明·赵左

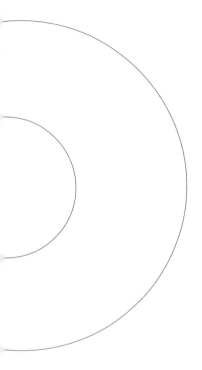

东南天阔霭冥冥①，高浪排空洗落星。
渔父一生耽浩渺，僧家终日住空青②。
鹤来水殿巢风急，龙卧春潮带月腥。
不问蓬莱与方丈③，应持孤棹老沙汀④。

赵左

（1573—1644）

字文度。明华亭朱泾人（一说泖桥人），能诗善画。诸生时诗文即出众。绘画师宋旭，得其亲传，善画山水，仿宋元名家，几可乱真。后与董其昌、陈继儒为友，同为著名书画家。赵左既是"松江画派"的骨干，又自立门户成为"苏松画派"的首领。传世作品有《秋山高深图》《长江叠翠图》等，分别藏于故宫博物院、中国美术馆等。

● 题解与赏析

　　这是诗人在秋天里泛舟于泖湖所撰写的诗篇。诗中描绘了泖湖的浩渺，并借景抒发了人生终老江湖的感想。自古以来，泖湖既是太湖流域的重要水道，又是旅游胜地之一。

　　首联展示了一幅开阔的泖湖画面，只见湖面上空云气濛濛，一排排的大浪奔向空中似乎要洗落星斗。颔联作者由泖湖联想到渔夫长年累月与江湖为伴和僧人每日在清空下打坐诵经的情景。颈联继续解读泖湖，仿佛看到仙鹤飞过水边的殿堂挟着巢风正急，长龙卧着春天的潮汐迅猛而来并带着月色和腥味。尾联是诗人由泖湖触发人生感想，意为人们不用去求问像那些去蓬莱岛寻仙和在寺庙诵经的人，应当学的是驾一叶孤舟，舞棹于江湖，寄情于山水，并将终老于沙洲作为归宿。全诗比兴结合，意境深远，借景抒情，耐人寻味。

● 注　释

①霭：云雾密集的样子。
②空青：这里指青色的天空。
③蓬莱：指蓬莱仙岛，古代传说渤海中有三座神山：蓬莱、瀛州、方丈，为神仙居住的地方，秦始皇、汉武帝曾经派人求仙访药，以求长生不老。
④沙汀：水边或水中的平沙地。

● 今　译

　　东南方的开阔湖面上空云气濛濛，一排排的大浪奔向空中似欲洗落星斗。打渔者一生沉迷于浩渺的江湖，出家人每天都在青色的天空下静默打坐。仙鹤飞临水边的殿堂挟着巢风正急，长龙卧着春天的潮汐带着月色和腥味。不用求问那蓬莱、方丈去寻找神仙，应当孤舟舞棹而终老于沙洲。

（撰稿人：郁伟新）

泖湖竹枝词

清·王鸣盛

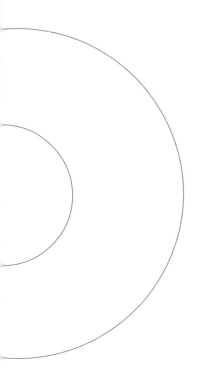

苇花菱叶接苍茫，
谷泖桥边上野航[①]。
斜日一篙瓜蔓水[②]，
轻帆齐落秀州塘[③]。

王鸣盛

（1722—1797）

　　清代江苏嘉定（今属上海）人，字凤喈。乾隆年间进士，官至内阁学士兼礼部侍郎。善诗文，通经学，尤精史学。著有《耕养斋诗文集》等。

● 题解与赏析

竹枝词,是一种歌咏地方风物为载体的文学表现形式,以浅显而生动的写作手法抒写本土地理人文。《泖湖竹枝词》是王鸣盛歌咏泖湖地区风土人情的一组诗歌。泖湖,也称三泖。历史上的泖湖是指今金山、青浦、松江至浙江平湖间相连的大湖荡。一据水流位置,称上泖、中泖、下泖;二据大小、形状,把上、中、下三泖依次称为长泖、大泖、圆泖。至明清时期,泖湖尚为金山西部地区风景名胜。

竹枝词这种文学方式看似浅显,但深受一些学者喜欢,其中被人称作"乾嘉学派翘楚"的王鸣盛便是其中一位。此诗动静结合,有起伏感,尤其"斜日一篙瓜蔓水,轻帆齐落秀州塘。"中"一篙"与"齐落",让诗句画面感陡增,回味悠长。除《泖湖竹枝词》以外,王鸣盛还写过《练川竹枝词》,描写清代嘉定一带风光。

● 注 释

①谷泖:历代说法不一。至清代,顾祖禹《读史方舆纪要》注引《吴地志》:"泖有上、中、下三名。图经:西北抵山泾,水形圆者曰圆泖,亦曰上泖。南近泖桥,水势阔者曰大泖,亦曰下泖。自泖桥而上,縈绕百余里曰长泖,一名谷泖,亦曰中泖。"此诗之"谷泖"显然指长泖,遗址在今金山区枫泾镇泖桥一带南至金山西部与平湖东部交界区域。

②瓜蔓水:泛指农历五月的水汛。

③秀州塘:俗称官塘、大官塘,宋元时,是华亭县与秀州(今浙江嘉兴)间的水驿道,故名秀州塘。今为浙江嘉善至金山区航道,自枫泾镇东流至朱泾镇折向北流。今下游为大、小泖港,然后流入黄浦江。

● 今 译

苍茫之间芦苇花连着菱叶,长泖野色里船只在桥边航行。水汛期斜阳中撑一篙行船,秀州塘上无数船只放下了帆。

(撰稿人:高文斌)

白苎城

清·黄霆

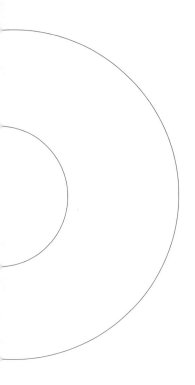

绿遍长堤万柳枝，
飞花枉自动愁思。
何如白苎城头望①，
女士能歌绝妙词。

黄霆

见《新城篇》，此处略。

● 题解与赏析

白苎城，南宋绍熙《云间志》"古迹"记载："白苎城，在县南四十里，高一丈，周围一万步。旧经云：地生野苎，因以为名，今俗云白苎汇。"清代乾隆《金山县志》载，"白苎城，在柘山北，高一丈，周围一万步。"白苎城遗址在今亭林南部、金山工业区北部。明清时，张卿玉、许谷、董俞、王鸿绪、萧中素、陈维崧、唐天泰等写过白苎城的诗，可见其知名。黄霆原诗下注："万柳堤，柳氏植万柳于堤上。白苎城，俗称白苎汇。按，江南民歌有《白苎词》。"

诗题代拟。全诗写景抒情，婉转起伏，让人回味联想。

● 注 释

①白苎城：遗址在今金山区亭林以南、金山工业区以北一带。南宋《云间志》记载白苎城：："在县（指华亭县）南四十里，高一丈，周围一万步。旧经云：地生野苎，因以为名，今俗云白苎汇。明萧芷厓《秋居杂兴》诗之一："书台穷目稻畦平，泽国风高白苎城。"关于此古城，历代不少文人曾写过诗文。

● 今 译

长堤上千万株垂柳依依，花儿飞舞不禁触动愁绪。不如在白苎城头上张望，女史曾唱绝妙的《白苎词》。

（撰稿人：高文斌）

春山竹枝词（其一）

清·王顼龄

几曲红桥映柳堤，
清歌檀板咽前溪①。
泥车瓦狗堆山店②，
买得归来日已西。

王顼龄

（1642—1725）

字颛士，一字容士，号瑁湖，晚号松乔老人，清江南华亭县（今上海市金山区）张堰镇人，御史王广心长子。康熙十五年（1676）中进士，授太常寺博士，举博学鸿儒，授翰林院编修，历官日讲起居注官、四川学政、侍讲学士、礼部侍郎、吏部左侍郎、经筵讲官、武英殿大学士兼工部尚书。年轻时即负诗名，一生著作不断，是清朝著名诗人、文学家。

题解与赏析

竹枝词"志土风而详习尚",以吟咏风土为主要特色,所以与地域文化结下不解之缘。它常于状摹世态民情中,洋溢着鲜活的文化个性和浓厚的乡土气息。诗中写诗人流连街市,顺便为孩子买玩具晚归的情景。诗以日常生活琐事为素材,亦庄亦俚,雅俗共赏。诗第一句写春来街市热闹处,红桥绿柳,相映成画,鲜明夺目。第二句写书场"清歌檀板",悠扬激越,竟使得不远处的溪流(前溪)凝咽不畅。出语夸张,给人留下深刻印象。两句可谓"目遇之而为色,耳得之而为声",于声色动人处写出了江南市镇的地域特色和风情韵致。从遣词造句看,这两句写得颇为雅致。三、四句写诗人在漫无目的的悠游中,发现山店里"泥车瓦狗"成堆,遂想起家中小儿,欣然解囊。不想满载而归之时,已是日头偏西。在不避俚俗的轻描淡写中,一位慈父形象跃乎纸上,令人不觉宛然。

注释

① 檀板:互击体鸣乐器,又称绰板,檀木制。
② 泥车瓦狗:又称泥车瓦马,儿童玩具。

今译

柳堤之上,几顶红色的曲桥在垂柳下掩映,一阵悠扬激越的清歌檀板,使得不远处的溪流也仿佛凝咽不畅。商店里泥车瓦狗堆积如山,买得几样在手,回去的时候日头已经偏西。

(撰稿人:张锦华)

春山竹枝词(其二)

清·王顼龄

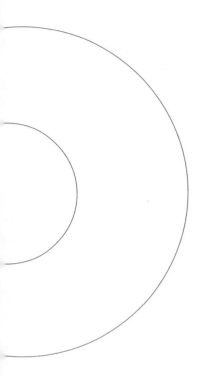

红花猎猎菜花黄①,
正是江南春昼长。
燕子双双莺作队,
相邀女伴去烧香。

王顼龄

  见前首,此处略。

● 题解与赏析

　　不少竹枝词的作者是土生土长的在地文人,他们熟谙乡邦掌故及当地的风俗民情。在他们的创作中,不乏一时一地的风俗民情记录,因而竹枝词对于一地历史文化的研究,具有无可替代的史料价值。这首诗就是借托一位女性之口,写春昼长永的季节中邀约同伴进香礼佛的情景。明清时朱泾地区的淳朴民风于此可窥。

　　诗的一、二句写江南春昼的季节。与别的诗家所惯用的套路不同,诗人在此只字不提庭院"日影斑驳"或闺中物事之琐屑,以显春昼之永,却把眼光探向户外,描摹原野上紫云英正"猎猎"盛开,红极一时;而油菜花也不遑多让,光彩撩人。为了写出江南春昼之永,诗人不惜以亮色暖调大加渲染,一改惯常灰色冷调的俗套。这种大胆敷色的"民间"作派,的确是富有"鲜活的文化个性和浓厚的乡土气息",令人耳目一新。诗的三、四句在意象的运用上一以贯之,借燕子成双、莺鸟结队的祥和美景,以为人物呼朋引伴的理由,同时亦是对人物活动的映衬。一群女子说说笑笑、嘻嘻闹闹地结伴前往寺庙烧香,其情其状不难想象,尽见于三言两语清浅俚俗、明白如话的诗句中。

● 注　释

①红花:紫云英。

● 今　译

　　原野上紫云英开得正盛,油菜花也一片金黄,正是江南春昼悠长的时候。燕子成双成对,黄鹂鸟也结队而飞,如此美景,正适合约上几个女伴一起去烧香。

（撰稿人:张锦华）

春游漫兴

近现代·彭鹤濂

隔水人家住,前村路未遥。
几畦余野菜[①],一笠过河桥。
幽鸟声清脆,修篁影动摇[②]。
怜他桥下水,绿上柳千条。

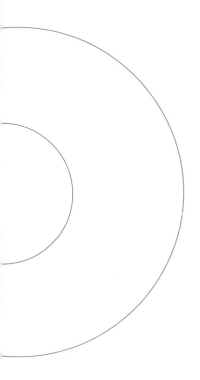

彭鹤濂
　　见《枫泾篇》,此处略。

● 题解与赏析

　　这是一首描写江南乡村游的五律诗。诗人春游的是一处典型的江南水乡，河网密布，村落点点；农田菜地，树木竹林，小桥流水，杨柳依依。如此美景，诗人诗兴大发赋诗一首。

　　第一联从江南农村房屋大都数河的南岸有一些人家，河的北岸也有些人家，自然村落，星星点点。诗人抬头看见前一村距离不远，两条河的南北都有农户的房舍。第二联农田里有收割剩下的各种青菜。农民戴着斗笠过桥干活去，展现出一幅农田劳动及农业丰收在望的景象。第三联描写自然景色，动静结合。有清脆的鸟鸣声，有竹林枝叶在风中摇曳的身影。第四联则感叹江南水乡水资源的丰富，水滋养着农田的作物，滋养着河边的千丝万柳，滋养着勤劳的农家儿女。

● 注　释

①畦：有土埂围着的一块块排列整齐的田地，一般是长方形的。
②修篁：修竹，长竹。

● 今　译

　　春暖花开，去郊外踏青游玩。农民家都是隔着河修建房屋，河的南北两岸都有农家。一个村一个村相距不太远。田野里农民收割剩下的各种蔬菜是那么碧绿，一个戴着斗笠的农民过桥走向田间去劳动。顷刻间，幽静的乡村里传来鸟雀清脆的鸣叫声，修长的竹子枝叶随风摇曳。多么可爱的河水呀，给河两岸的柳树都披上了绿装。

（撰稿人：张锦华）

秀州塘西晚步

近现代·彭鹤濂

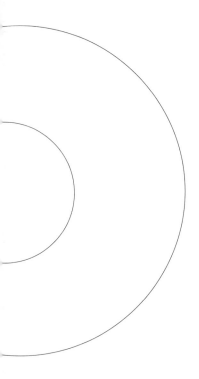

薄暮人家未掩扉①,
村边绿树作屏围。
橹声摇傍斜阳岸,
惊起芦中白鸟飞。

彭鹤濂
  见《枫泾篇》,此处略。

● 题解与赏析

秀州塘：俗称官塘，亦称大官塘。在今上海市金山县西南。西起七仙泾，往东经金山县朱泾镇北折至六里庵港，长 18.4 公里。宋元时，秀州塘是华亭县与秀州（今浙江嘉兴）间的水驿道。自枫泾镇东流至今金山县（朱泾镇）折向北流，今下游已为大、小泖港，然后流入黄浦江。《方舆纪要》卷 24 "松江府华亭县记载：秀州塘"自浙江嘉善县而东，经府西南六十里之风泾镇，又东十里过白牛塘，绝长泖而北流，又东合黄桥门及斜塘以东诸水，至沈泾塘入西水门，贯城而东，出与命塘诸水合，其下流皆入于黄浦。"可通行 100～300 吨级船只，为金山县与浙江嘉善县之间的主要航道，受益农田约 6000 公顷。

秀州塘西晚步，诗人傍晚从朱泾镇上走万安桥过秀州塘，来到乡村漫步，被无限风光所打动，触景生情赋诗一首。

诗的第一句写傍晚时分，农家的大门都是敞开着的。这也是朱泾地区农村的习惯，从早上打开大门，一直到睡觉前才把门关上。第二句写农舍的周围有树篱笆作为围墙用，这也是当时农村的习俗。篱笆既可以美化居家环境，也有助于遮挡外面的邪气，图个吉利等。农民虽然忙碌，但居家生活还是安宁舒适的，令诗人心生羡慕和赞叹。第三句转向热闹的秀州塘，这是朱泾地区最大的河流，是重要的水上运输通道，时不时有拖轮、农用机动船、帆船、手摇船等经过，一派热闹的景象。作者选取手摇橹声以显古朴。斜阳点明时间与薄暮相吻合。"斜阳岸"是诗人一个重要的观察点，为第四句描写芦苇、白鸟做好铺垫。第四句芦苇丛中的白鸟在机器声中飞起，那么的悠然自得，展现一幅祥和的自然景观图画，表达诗人对朱泾农村美景的赞颂。

● 注 释

①扉：门扇。

今 译

　　傍晚时分来到秀州塘西的农村，农家的大门还敞开着，房舍四周那绿树篱笆整齐漂亮。夕阳西下，橹声中小舟泊岸，惊起芦苇丛中的白鸟展翅高飞。

（撰稿人：姚金龙）

秀州塘（摄影：高文斌）

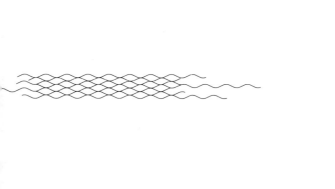

嘉兴历史悠久，是六七千年前长江中下游地区新石器时期马家浜文化的发祥地。春秋时为吴、越交界处，名长水，又名槜李。秦时置由拳县、海盐县，隶属于会稽郡。三国东吴时改为禾兴、嘉兴。唐代时归属吴郡（苏州），析嘉兴、海盐及昆山等地设华亭县（即松江）。五代时属吴越国，设开元府，领嘉兴、海盐、华亭三县（后晋时析嘉兴西部地设崇德县）。后改为秀州府，领嘉兴、海盐、华亭、崇德四县。北宋改为嘉禾郡。南宋宁宗庆元元年（1195）升郡为府，后改嘉兴军。元代时析华亭设松江府。明宣德四年（1429），析嘉兴县西北地为秀水县、东北地为嘉善县，析海盐县东边地为平湖县，析崇德县东边地为桐乡县。嘉兴府下辖嘉兴、秀水、嘉善、海盐、平湖、崇德、桐乡七县。明初开始，嘉兴府划归浙江。解放后，将原归属于杭州府的海宁县划归嘉兴，并与湖州市合为嘉兴地区行政公署。1983年，撤地建嘉兴、湖州两市。嘉兴市下辖南湖区、秀洲区、嘉善县、平湖市、海盐县、海宁市、桐乡市。嘉兴地处长三角的中心，所辖县（市、区）全部进入全国"百强县"的前列。

第二部分　嘉兴地区诗词选

主城篇

阿子歌(三首)

(南朝乐府民歌)

(一)

阿子复阿子,念汝好颜容。
风流世稀有,窈窕无人双①。

(二)

春月故鸭啼②,独雄颠倒落。
工知悦弦死③,故来相寻博。

(三)

野田草欲尽,东流水又暴。
念我双飞凫④,饥渴常不饱。

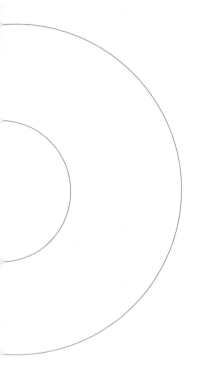

● 题解与赏析

《阿子歌》是晋代时流传在嘉兴的民歌。诗前序言中说:"晋乐苑(音乐机构)嘉兴人养鸭儿,鸭儿既死,因有此歌。"乐府,原是秦汉时设立的管理音乐的官署,负责收集、编辑各地的民歌和音乐。后也将它收集的诗歌称为"乐府"。东晋、南朝时,也设立乐府机构(乐苑)。乐府民歌以内容上现实性强,语言平易通俗,多用比喻、拟人等手法见长,这首诗就有这样的特色。

"阿子歌"是晋代乐歌,原是晋穆帝死后,太后哭唱其子,后流传。此诗的作者是一个音乐机构的人,将鸭子比作自己儿子一样,可见对鸭子的感情("鸭"在嘉兴方言中读如"阿")。第一首将鸭比美女,赞美自己所养鸭子长得漂亮。第二首写老鸭(故鸭)鸣叫,雄鸭独自乱跑,主人正在执弦奏乐,听到后知道鸭子出事,便来寻找。第三首写鸭子的艰难生活,野田草尽,河水急流,无处觅食,饥渴难饱。这里似乎又在写人的遭遇。从诗的内容看,主人与鸭子之间有着生死与共的遭遇和感情。这是因为,嘉兴一带是水乡,自古以来,这里的百姓就充分利用水道河面种植、养殖。养鸭和种菱,成为人们养家谋生的重要手段,也成为嘉兴平原两道独特的风景线。

● 注 释

①窈窕 [yǎotiǎo]:叠韵连绵词。原形容女子漂亮、苗条。

②故鸭:老鸭。

③悦弦:快乐弹奏。

④凫 [fú]:野鸭。

● 今 译

(一)

鸭子啊鸭子,想你长得真漂亮。你的美貌世上少有,难能有与你比傍。

(二)

春天里老鸭鸣叫,雄鸭独自四处游荡。主人正在奏乐,听说鸭子死亡便来寻访。

(三)

田里的野草枯黄,河中流水暴涨。想起鸭子真是苦啊,无处觅食饥饿难当。

湖中寄王侍御

唐·丘为

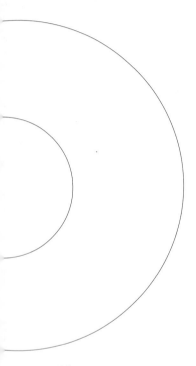

日日湖水上,好登湖上楼。
终年不向郭①,过午始梳头。
尝自爱杯酒,得无相献酬。
小童能脍鲤,少妾事莲舟。
每有南浦信②,仍期后月游。
方春转摇荡,孤兴时淹留。
骢马真傲吏③,翛然无所求④。
晨趋玉阶下,心许沧江流⑤。
少别如昨日⑥,何言经数秋?
应知方外事⑦,独往非悠悠。

丘为

　　生卒年不详。约在唐武则天时至唐德宗贞元年间,嘉兴人。早年累举不第,归里苦读,于唐玄宗天宝元年(742)登进士,累官至太子右庶子。年80致仕归,继母犹在,居南湖边,96岁卒。丘为与大诗人王维、刘长卿等交往较深,有诗歌往来,《全唐诗》存诗13首。

● 题解与赏析

"湖"指嘉兴南湖,又名滮湖、马场湖、鸳鸯湖,这是至今发现的最早写南湖的诗。王侍御,即唐代诗人王维,曾任监察御史,故称。丘为的这首诗是告诉王维自己退休归居的生活状况,也留下了唐代嘉兴南湖的记载。

诗围绕"湖上"写来,前八句写自己生活在湖边优美的环境中,无忧无虑,终年不进城,天天睡懒觉,过着杯酒相伴、友朋互访的悠闲生活,享受着水乡独有的物产:鲤鱼、莲藕。中间八句写自己归居生活的自由自在,无拘无束。末四句表达对王维的别后思念及劝导他不要留恋官场。

关于南湖,有不同说法,其中得到大多认可的说法是嘉兴城南东面有滮湖(即南湖);西面有两湖,中间有堤隔开,一东一西,有人把这两湖分别叫做东南湖、西南湖。据说东南湖后逐渐湮没,西南湖至今犹存。两湖总称为鸳鸯湖。今则也把南湖与西南湖总称为鸳鸯湖。

● 注 释

①郭:外城。此指城中。
②南浦:水边。古诗中常见的送别之地。
③骢[cōng]马:青白色相杂之马。因古代官员多乘,故也借指御史。
④翛[xiāo]然:无拘无束、自由自在的样子。
⑤沧江:江河,因水清苍色而称,代指隐居水边的生涯。沧:深绿色。
⑥少:同"稍"。
⑦方外:世外。

● 今 译

每天生活在南湖边,喜欢登上湖边高楼。一年到头也不进城,睡到中午才起身梳头。喜欢美酒自酌自饮,不用与人交往应酬。僮仆脍炙美味鲤鱼,丫鬟服侍赏荷驾舟。经常盼望朋友来信，约定日期一起赏游。春天来临湖水摇荡，兴致高时湖中淹留。可以傲慢不见官府，无拘无束一无所求。曾经为官今已退下，归居湖边看水长流。与友人分别如在昨日，哪里称得上如隔三秋？你也应知世外之事，来此与我一起其乐悠悠。

（撰稿人：徐志平）

送友游吴越

唐·杜荀鹤

去越从吴过,吴疆与越连。
有园多种菊,无水不生莲。
夜市桥边火,春风寺外船。
此中偏重客[①],君去必经年[②]。

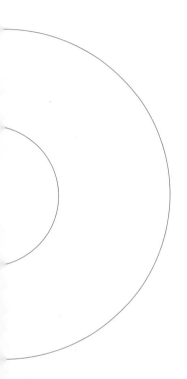

杜荀鹤

(846—907)

字彦之,池州石埭(今安徽石台县)人。晚唐著名现实主义诗人。他提倡诗歌要继承风雅传统,反对浮华,其诗作平易自然,朴实明畅,清新秀逸。尤善用格律诗反映现实,如《山中寡妇》,人称"杜荀鹤体"。

● 题解与赏析

　　吴,古代指苏南一带;越,指浙江一带。春秋时,吴、越是两个诸侯国。吴、越紧连,嘉兴正处于吴、越交界处,大运河更是不分彼此,河水不知不觉中就把人送到了嘉兴运河段,进入了浙江(越国)地带。杜荀鹤《送人游吴》中写苏州的名句"君到姑苏见,人家尽枕河""夜市卖菱藕,春船载绮罗"广为人知。但他这首写嘉兴的诗少有人知。这两首诗也许是送给同一位友人的,在内容上相沿相连,可以说是姐妹篇。首联写沿运河而来的行程,说明两地紧连。颔联写运河两岸所见,选取菊花、荷花两个意象,突出水乡平原特点。颈联写繁荣、安定的景象。尾联写风俗人情。中晚唐以后,北方战乱频繁,而江南一带相对安定,此诗反映出这一历史现象。这是一首五言律诗,中间两联对仗流畅自然而又工整,显示其语言的功力。

● 注　释

①重客:好客,看重留客。
②经年:经过一年或以上。

● 今　译

　　要去越地必须从吴地经过,吴越两地靠同一条运河紧密相联。越地的田园中多栽满菊花,水中的荷花开放得多么娇艳。桥边市场灯火晚上依旧热闹,春风中两岸寺院香火延绵。这里的人们非常好客,你到了那儿他们必定留你到明年。

(撰稿人:徐骏)

天仙子①

时为嘉禾小倅,以病眠,不赴府会②。

宋·张先

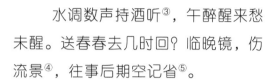

水调数声持酒听③,午醉醒来愁未醒。送春春去几时回?临晚镜,伤流景④,往事后期空记省⑤。

沙上并禽池上暝⑥,云破月来花弄影⑦。重重帘幕密遮灯,风不定,人初静,明日落红应满径⑧。

张先

(990—1078)

字子野,乌程(今浙江湖州)人。宋仁宗天圣八年(1030)进士。1041年曾在嘉兴任嘉禾判官。北宋词人,婉约派代表,善于刻画细腻的情景,尤以描写朦胧的"影"而著名,人称"张三影"。有《张子野词》。

● 题解与赏析

根据词前小序，作者写这首词时任嘉禾判官，官署在今嘉兴子城。嘉兴子城，为嘉兴最早的城垣（建于三国时期）。子城历来为县、军、路、府的衙署。元代时在子城正门上建一楼，名"丽谯"。现存子城谯楼及东西两侧城墙为清光绪三十四年（1908）重修，是浙江省现存唯一的古城楼。

写此词时作者年已52岁，全词抒发了作者临老伤春之情。上片写自己午醉之后醒来，感伤春天的离去，也就是感伤自己人生年华的逝去，还蕴涵着对青春时期风流韵事的追忆和惋惜。下片即景生情，由上片的静态思想活动转到景物动态描写，因未参加府会，便在暮色中到小园闲步，借以排遣滞留在心头的愁闷。看到池上水禽并眠，风吹云散，月光下花枝影动。一个"弄"字用比拟的手法，将花与影都写活了。再写到回房歇息，听风声想到花落满径，一种惜春恋时之情隐含其中。

伤春悲秋，感慨时间流逝，是古诗词中的传统题材。但张先能不落俗套，于生动鲜明的形象中寄寓情感，故王国维《人间词话》赞曰："'云破月来花弄影'，着一'弄'字而境界全出矣。"

● 注　释

①天仙子：教坊舞曲，后用为词牌名。
②嘉禾小倅[cuì]：嘉禾即嘉兴。倅，副职。时张先任秀州（今嘉兴）通判（知府的副职）。不赴府会：未去官府上班。
③水调：原为隋唐乐曲，后截取开头部分成为词牌名，即《水调歌头》。
④流景：像水一样流逝的年华。景：同"影"。
⑤后期：以后的时间。空：空自。记：思念，回忆。省[xǐng]：觉悟；明白。
⑥并禽：成对的水鸟。暝，睡觉。
⑦弄影：物体移动使影子也移动、舞动。

⑧落红:落花。

· 今 译

  手执酒杯细听声声水调歌,午间醉酒虽醒愁却还未醒。送走了春天,春天何时再来临?临近傍晚照镜,感伤逝去的光景,如烟的往事在日后空自让人伤感沉吟。

  一对对鸳鸯在池边并眠,风吹云散月出,花枝在月下舞弄倩影。重重帘幕密密地遮住灯光,风儿吹不停,人声已安静,明天落花定然铺满园中的小径。

(撰稿人:徐骏)

《云破月来花弄影》(张大千绘)

三过堂诗(之三)

宋·苏轼

初惊鹤瘦不可识,旋觉云归无处寻①。
三过门间老病死,一弹指顷去来今②。
存亡惯见浑无泪③,乡井难忘尚有心。
欲向钱塘访圆泽④,葛洪川畔待秋深⑤。

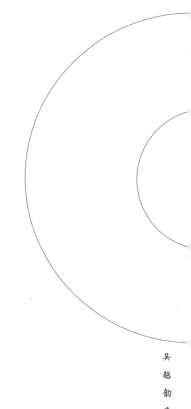

苏轼

(1037—1101)

字子瞻,号东坡居士,谥号文忠,蜀州眉山(今四川省眉州市)人。北宋著名文学家、书画家、散文家、诗人、词人,与其父苏洵、弟苏辙同为"唐宋八大家",世称"三苏"。其诗与黄庭坚并称"苏黄",词与辛弃疾并称"苏辛"。苏轼两次在杭州任官职,多次来往嘉兴,留下多首诗。

● 题解与赏析

　　从大运河出嘉兴，二十多里来到陡门（现属秀洲区新塍镇陡门村），唐代时在这里建有报本禅寺（后又改本觉禅寺），时属永乐乡。北宋时，苏东坡三过此地，慕名拜访住持文长老（字本心，与苏轼同乡），写下三首诗，南宋时僧人本觉将苏轼诗刻碑于此，并建苏轼与文长老塑像，建三过堂。后来历代文人过此，无不感慨题咏，留下大量诗词。这是苏轼第三次经过本觉寺时所写，诗题为《过永乐，文长老已卒》。

　　苏轼一生始终处于出世与入世的矛盾之中，以积极向上的儒家思想为主导，佛道思想也常在失意时抚慰他的心灵。"三过"诗正表达出他的这一思想。第一次经过，文长老尚健在，两人谈佛参禅；二次经过，文长老生病；三次经过，文长老已去世。诗的首联表达对文长老去世的惊愕和悲伤，回忆前"二过"时见病中文长老情景。颔联感慨"三过"而抒发对人生世事的感慨："初过而老，再过而病，三过而死"，这正是人生必然的道路，而"去来今"（过去、未来、现在）正是时间历史的表现。在佛家的眼光中，这只是一瞬间而已。颈联表明自己已经对功名利禄、生死存亡司空见惯，惟有乡心乡情难以忘怀。尾联表示自己要寻访高僧，修道度过余生。

● 注　释

①鹤：比喻文长老。鹤在中国文化中是高洁、长寿等象征。此指回忆上次见文长老时已病。旋：不久。云归：喻文长老去世。
②佛家将时间分为"去、来、今"，即过去、现在、未来三世。又认为二十"念"为一"瞬"，二十"瞬"为一"弹指"。
③浑：简直。
④圆泽：唐代高僧，借指禅学大师。
⑤葛洪：东晋道家，自号抱朴子，相传在杭州山中修道炼丹，今尚有葛岭。

今 译

　　上次见您病重消瘦几不可认,这次到此您已去世难以找寻。三次经过您从健在到今病逝,弹指间时间飞逝已一去无影。见惯了生离死别已不再流泪,只有乡亲情意永远存记在心。我将回到杭州去访得道高僧,在葛翁修炼处度过春夏秋冬。

(撰稿人:徐志平)

烟雨楼

宋·唐天麟

百尺楼高足赏心①,我来犹记旧登临。
四时天色有晴雨②,一片湖光无古今。
远塔连阴知寺隐,小舟穿柳觉春深。
凭阑多少斜阳景,分付渔歌替晚吟。

南湖烟雨楼

唐天麟

(1227—？)

嘉兴人。据朱彝尊《至元嘉禾志跋》中说:"天麟,字景仁,宝佑四年文天祥榜第四甲进士。自称纳轩叟,居嘉禾轩。"宝佑是南宋理宗年号,宝佑四年即1256年,文天祥也于此年中进士。唐天麟曾为《至元嘉禾志》作序。

● 题解与赏析

　　嘉兴南湖烟雨楼始建于五代。时嘉兴为吴越国的属地。吴越国君钱镠的第四个儿子钱元璙封为广陵王，任中吴节度使，嘉兴正属他的管辖领地。他在南湖边建造了台榭楼阁，用以招待宾客和自己来嘉兴时居住，当时还没有"烟雨楼"的命名。北宋灭亡，金兵南侵时楼被毁。大约南宋中期时，礼部尚书王希吕在遗址上重建。在南宋中后期的诗歌中，就有了烟雨楼的记载，可知南宋时已经有了此名。大概是登楼所见烟雨迷蒙，审美中的"朦胧美"更给人以诗意与遐想，因此名得到众人公认。从明代起，烟雨楼移建湖中岛上，这给登临、游玩、观赏更增添了无限乐趣，烟雨楼更加名声四播，成为南湖的标志、嘉兴的标志。

　　首联总起，总写楼台之高，风景之妙。"旧登临"，说明诗人常来此地。中间四句写登临所见之景，无论什么时候、什么天气，总是那样吸引人。"远塔"一句写远景，塔在绿荫丛中，有塔便有佛寺（指南湖边的真如寺、真如塔），一个"知"字，又给人以遐想。"小舟"一句，写泛舟湖面，穿过岸边繁茂的绿柳，驶向湖中，更觉春意盎然。尾联以景寓情，渔歌夕阳，使人沉浸其中。

● 注　释

①赏心：娱悦心志。
②四时：四季。

● 今　译

　　登上烟雨楼让人悦目赏心，我曾不止一次地来此登临。一年四季天气有雨有晴，古往今来湖光景色没有变更。远望高塔和绿树荫中的佛寺，小舟在湖边柳树下穿行。倚栏赏玩不觉夕阳西下，湖面上传来渔歌声声。

（撰稿人：徐志平）

嘉兴界

宋·叶绍翁

平野无山尽见天，
九分芦苇一分烟。
悠悠绿水分枝港①，
撑出南郊放鸭船。

叶绍翁（南宋前中期人）

生卒年不详。字嗣宗，号靖逸，浙江龙泉人，祖籍福建。曾当过小官，居钱塘（今杭州）。其诗以七言绝句为最佳，是南宋"江湖诗派"的早期诗人。有《靖逸小集》。

题解与赏析

南宋"江湖诗派"诗人的诗多写隐逸生活之趣,其诗写景鲜明,情韵深长。叶绍翁的诗也是如此。他的《游园不值》一诗一直收入小学语文教材,"春色满园关不住,一枝红杏出墙来"广为传诵。这首《嘉兴界》是他从运河经过嘉兴时所作,作为外地人,他首先看到的是一望无际的平原和两岸长满芦苇的运河。芦苇根系发达,有保护运河岸堤的作用,所以过去河边多种芦苇。接着他看到的是运河多支流小港,形成运河水系网络,而百姓则利用它养鸭,驾着小舟,驱赶着鸭群在河港中觅食。这是一幅不加修饰的自然生活画,语言平易流畅而韵味醇厚。嘉兴平原养鸭有传统,早在南朝时就有《阿子歌》流传。

注释

①枝港:即支流。

今·译

一望无际的平原与天边相连,晴烟中芦苇茫茫长满两岸。 蛛网般的支流遍布嘉兴平原,河面上撑出了一条条养鸭船。

(撰稿人:徐骏)

出嘉禾

宋·朱南杰

舟出嘉禾五里城,
僧楼山塔互峥嵘①②。
酒旗密比随风舞③,
渔网横拖漾日晴④。
画舫贵人帆去隐,
单衣游女着来轻⑤。
山歌已接长山堰⑥,
到得临平月又明⑦。

朱南杰

　　生卒年不详。字嗣宗,号靖逸,浙江龙泉人,祖籍福建。曾当过小官,居钱塘(今杭州)。其诗以七言绝句为最佳,是南宋"江湖诗派"的早期诗人。有《靖逸小集》。

● 题解与赏析

　　朱南杰在海盐为官，因此他经常从运河往来于杭州、嘉兴、海盐一带，留下多首诗篇。此诗紧扣题目，写的是出嘉兴后的运河之行（他另有《晓发嘉兴》），描写了南宋时期嘉兴平原运河两岸的繁荣和热闹。出城五里光景，便见三塔塘与三塔寺高高矗立在运河边，成为嘉兴运河的显著标志。下面四句写一路行来所见的热闹景象。唐代、北宋诗人描写的热闹是在城中，出城后的描写就少了，但此诗中的热闹已经延伸到了城外。元代以前，京杭大运河从嘉兴至崇德（今桐乡市崇福镇），再往南经海宁长安过闸进入上塘河到达杭州，朱南杰走的是这一段水路（元以后，从崇德往西经塘西到达杭州）。诗按时间顺序，从"舟出嘉兴"一直到"月又明"，采用"移步换影"的手法，将一路所见描绘出来。诗风平易通俗，有声有色，宛如一幅鲜明生动的图画。

● 注　释

①山塔：形容塔高。出嘉兴城运河边有三塔寺、本觉寺，有三塔、学绣塔等。
②峥嵘：原指山峰高峻，此指寺、塔的高。
③密比：紧紧相联。
④漾：水动荡。
⑤着：穿着。
⑥长山堰：从杭州、湖州一带来水流经桐乡、海宁、海盐的长山河，因水势湍急，修有堰坝，解放后修成出海泄洪通道。
⑦临平：杭州郊县，元代以前大运河从海宁长安经临平进入杭州。

● 今　译

　　沿着运河向西离开嘉兴城，两岸寺院佛塔高耸入云。岸边紧连着的酒家彩旗招展，阳光下渔民拖网浪花阵阵。风帆高举的画舫载着贵人游春，穿着春衣的少女来往踏青。船家唱着山歌驶过了长山堰坝，月亮下船儿已经进入临平。

（撰稿人：徐骏）

过嘉兴

元·萨都剌

三山云海几千里①,
十幅蒲帆挂烟水②。
吴中过客莫思家③,
江南画船如屋里。
芦芽短短穿碧沙④,
船头鲤鱼吹浪花。
吴姬荡桨入城去⑤,
细雨小寒生绿沙。
我歌《水调》无人续⑥,
江上月凉吹紫竹。
春风一曲《鹧鸪》词,
花落莺啼满城绿。

萨都剌

(约1272—1355)

　　元代诗人、词人、画家、书法家。字天锡,号直斋。回族(一说蒙古族)人。元泰定四年(1327)进士。萨都剌善绘画,精书法,尤善楷书。人称"雁门才子"。有《雁门集》。

● 题解与赏析

　　这是萨都剌于元顺帝至元二年（1336）去福建任职闽海道肃政廉访司知事途中经过嘉兴时所写的一首诗，为我们留下了元代时嘉兴运河的记载。前四句交代自己从京城出发，取道运河远赴福建的行程及情景。大运河的开通，方便了行程。而江南运河上的"画船"舒适宽敞，使远离家乡的游子忘却了思乡之苦。中间四句刻画经过嘉兴运河所感受到的优美景象，写尽江南烟雨、小桥流水美景。五六句描写了河岸的芦苇，河边的白沙和鲤鱼。这是一幅欣欣向荣、充满活力的水乡景色。写芦苇，作者用"穿"字写出了春天芦芽破土而出的动态，描绘出万物复苏的春景。写鲤鱼跃出水面激起浪花，一个"吹"字，用比拟手法，显得生动活泼。最后四句写随着夜幕降临已忘却的乡愁又涌上心头，春风里传来的《鹧鸪天》音乐又让他思乡，但是江南美景又让他忘怀乡愁。末句寓情于景，给人以无穷回味。

● 注释

①三山：福建省会福州的别称，福州有九仙山（于山）、闽山、越王山三山。
②蒲帆：蒲席作的船帆。烟水：烟波。
③吴中：古代苏南与浙北是吴国的辖地，故称吴中。嘉兴在明代以前一直属于苏州府管辖。
④芦芽：刚出土的芦苇幼芽。碧沙：长满绿草的沙滩。
⑤吴姬：此指江南的船娘。
⑥《水调》：乐曲名，系北方大曲。下句中《鹧鸪》，也是乐曲名，属南方小曲。

● 今译

　　福州隔着云海远在千里外，十幅蒲帆穿行在烟波浩渺的运河上。过往吴中的客人不要思乡，江南的画船就像自己家。短短的芦芽穿出了绿沙地，船头鲤鱼吹起白浪花。吴地美女荡着双桨进城去，小寒时节细雨濛濛像绿纱。我唱《水调》无人接续，江上月色清冷紫竹笛声幽雅。春风里传来一曲《鹧鸪天》，花落莺啼满城绿色相遮。

（撰稿人：徐骏）

凭栏人·咏史

元·徐再思

九殿春风鹧鹄楼①,
千里离宫龙凤舟②。
始为天下忧,
后为天下羞。

徐再思

（元代后期人，生卒年不详）

　　字德可，因喜食甜食而号"甜斋"，嘉兴人。曾任嘉兴路吏。元代后期著名散曲家。有《甜斋乐府》，收散曲百余首。《太和正音谱》评论其散曲如"桂林秋月"，指出其散曲清丽工巧的特点。近人任中敏把他与同时的贯云石（号酸斋）的散曲合为《甜酸乐府》。

● 题解与赏析

　　这首散曲抨击历代统治者穷奢极欲、劳民伤财的罪行。前两句分别以汉武帝、隋炀帝为游乐而奢侈无度的例子概括，后两句是作者的感慨和斥责。隋炀帝开凿大运河，嘉兴正是运河经过的地方。据说隋炀帝开凿运河是为了到江南游玩，极尽奢华，隋朝也因此而灭亡。但大运河客观上促进了南北交通的便利，促进了运河两岸经济文化的繁荣。曲中的"忧"是忧天下百姓受尽剥削，苦难无尽；"恚"是恚统治者盘剥百姓，奢靡无度。这两句警句可与张养浩《山坡羊》中"兴，百姓苦；亡，百姓苦"相媲美。

　　散曲是元代兴起的合乐新诗体，比之诗、词，更为通俗平易。虽有格律，却句式自由，可加衬字。句句押韵，不拘平仄，读来朗朗上口。

● 注　释

①九殿：形容皇宫宫殿多而高大。　鳷[zhī]鹊楼：汉武帝时建造的高楼。
②离宫：皇帝在正宫以外建造的供外出巡游时居住的宫殿。　龙凤舟：隋炀帝巡游江南专门建造的大舟。

● 今　译

　　春风中矗立着高高的鳷鹊楼，运河中行进着长长的龙凤舟。我为天下百姓的苦难担忧，更为统治者搜刮享乐害恚。

（撰稿人：徐志平）

鸳鸯湖（二首）

明末清初·黄媛介

（一）

轻风贴水飞春燕，佳人宛自帘中见①。
向水栏杆处处园，梅花草叶春香变。

（二）

昨夜云晴日影孤，中洲曲沼生新芦②。
嘉兴风景知何处？乱帆烟柳鸳鸯湖。

黄媛介

（明末清初人，生卒年不详）

字皆令，嘉兴女诗人。1645年，清兵攻破嘉兴后，她辗转江、浙一带，后靠卖文、乞食于士绅为生。其姐媛贞也工诗。黄媛介的诗词于传统题材中寄寓亡国后的悲辛，诗风、词风委婉深沉，在委婉的情思中抒发着由于明清易朝变革引发的家国破碎、亲人分离的苦痛，表现出一个弱女子不屈的抗争和执着的民族情志。因此她的创作得到当时许多文人的高度评价，尤其是得到大诗人吴伟业的赞赏。吴伟业专门为她写了《题鸳湖闺咏四首》，赞扬她的文才，同情她的遭遇。黄媛介也和了四首，答谢吴伟业，并表示自己的心志。

● 题解与赏析

鸳鸯湖，即嘉兴南湖。一说因其湖上多鸳鸯鸟而名，一说湖分东、西两湖（见前丘为诗注）而名。这两首诗描写春日南湖景色，从一个女子的眼光观赏，别有风味。前一首以帘子中佳人隔帘相望的角度写来，以轻风、燕子、梅花、青草、湖水为主要意象，将初春南湖旖旎优美的景色细腻表达，诗人喜悦之情隐含其中。后一首刻画晴日南湖景色，太阳映照平静湖面，岸边洲渚芦芽新生，轻烟朦胧中柳条摆舞，湖上不时驶过船帆，画面清新平易，意蕴丰富不尽。与吴伟业写南湖名篇《鸳湖曲》中开头的几句"鸳鸯湖畔草粘天，二月春深好放船。柳叶乱飘千尺雨，桃花斜带一溪烟"有异曲同工之妙。

古代嘉兴地区多女诗人，如宋代海宁的朱淑真，明清时海宁的朱妙端，嘉兴的柳如是，桐乡的吕逸初等，都在诗坛上享有盛名。

● 注 释

① 宛自：好像。此指真切可见。
② 洲：水中的陆地。曲沼：湖（河）岸弯曲处。

● 今 译

（一）

轻灵的双燕掠过南湖水面，游船中的佳人隔帘隐现。岸边的亭园楼阁随处可见，梅花开后已是春花开遍。

（二）

春天的日影静静映照湖面，新生的芦芽点缀着湖岸。嘉兴最美的风景在哪里？在南湖的杨柳小舟和云烟。

（撰稿人：徐志平）

鸳鸯湖棹歌（一百首选二）

清·朱彝尊

（一）

五月新丝满市廛①，缫车响彻斗门边②。

沿流直下羔羊堰③，双橹迎来贩客船。

自注：羔羊堰在石门县，斗门在石门北。

（二）

父老禾兴旧馆前④，香粳熟后话丰年⑤。

楼头沽酒楼外泊，半是江淮贩米船。

自注：望云门北旧有禾兴馆。唐李翰《嘉兴屯田政绩记》⑥："嘉禾一穰，江淮为之康；嘉禾一歉，江淮为之俭⑦。"

朱彝尊

（1629—1709）

字锡鬯（chàng），号竹垞（chá），秀水（今嘉兴）人。清初文学家、学者，诗人，"浙西词派"领军人物。著作繁富，有《经义考》《明诗综》《日下旧闻》及《曝书亭集》80卷等。《鸳鸯湖棹歌》一百首作于康熙十三年（1674），当时他正在北京潞河（通县）为幕府，因思念家乡而作。序言中表明，这组诗写的是家乡风情，因围绕嘉兴水乡平原特点写来，故曰"棹歌（船歌）"。

● 题解与赏析

"棹歌"即"竹枝词"一类的民歌,文人学习民歌,以七绝的格律诗形式反映广泛的现实,语言平易通俗。朱彝尊的这组诗有三个特点:一是在内容上以南湖为中心全面反映一个地区的民情风俗;二是采用大型组诗形式,一诗写一"点",百诗有百"点",形成一"片",比较全面完整地反映一个地区的面貌;三是在每首诗下加注,引用历史、方志书上的记载,印证诗中写到的内容,诗注结合,使内容确凿可证。从这些诗中可以看出一个地区政治、经济、文化、民风民俗、特产、历史的发展甚至对外交往等情况。后来写"棹歌""竹枝词"的大多继承了朱彝尊的写法。

嘉兴地处东南沿海,大运河贯穿南北,通商四海,南来北往,经济活动活跃,明清时新生的商品经济因素首先在这一带开始出现。朱彝尊的这组诗也反映出这一特点。嘉兴平原以水稻、蚕桑为主,人称"鱼米之乡""丝绸之府"。唐代时,大规模开发江南,嘉兴成为重要产粮基地。当时流传着民谣:"嘉禾一穰,江淮为之康;嘉禾一歉,江淮为之俭。"由此可见其地位之重要。

这两首诗一写蚕桑,初夏蚕茧缫丝,运河中引来全国各地的贩丝客商。一写水稻,秋收季节,各地粮商云集嘉兴。运河的便利交通,加强了经济的流通和发展。

● 注　释

①市廛 [chán]:市场。

②缫车:缫丝的车。　斗门:也叫陡门,曾是运河边的重要市镇,今属嘉兴秀州区新塍大通村。

③羔羊堰:运河堰坝所在。今桐乡市羔羊乡。石门县,即崇德县,清康熙元年因避清太宗年号改为石门县,崇德镇改名崇福镇,石门镇改名玉溪镇。属嘉兴府管辖。辛亥革命后恢复原称。1958年并入桐乡县。

④禾兴馆、望云门皆在嘉兴城北运河边。

⑤香秔[jīng]：香粳米。

⑥李翰：中唐时文学家，《旧唐书·文苑传》称他"为文精密"。《嘉禾屯田政绩记》记载唐代时开发嘉兴平原为粮仓的情况，收入《全唐文》。

⑦穰：丰收。康：丰盛，安乐。歉：歉收。

● 今 译

（一）

五月缫出新丝去市上出售，缫丝车的声音响彻运河两岸。沿着嘉兴运河一直到羔羊集市，到处可见前来贩丝的商船。

（二）

丰收后的老农民相聚在禾兴馆，话说着稻米成堆的又一丰年。楼上喝着酒楼下泊着卖米的船，运河中贩米船来自江北江南。

（撰稿人：徐志平）

朱彝尊《鸳鸯湖棹歌》书影

过嘉兴府城

爱新觉罗·弘历

御舟别路溯漕河①,登陆春城按辔过②。
吴帝经营非旧邦,周书假借得嘉禾③。
户闻弦诵渐摩善④,野富蚕桑衣被多⑤。
博施愧予焉济众⑥,民情到处总逢和。

爱新觉罗·弘历

(1711—1799)

即乾隆皇帝。1735年至1796年在位(禅位后又当了三年太上皇),是我国历史上在位时间最长、最长寿的皇帝。他从乾隆十六年(1751)至四十九年(1784)六次南巡从运河经嘉兴至杭州。

● 题解与赏析

　　乾隆六次南巡，均经过嘉兴运河，写过几百首关于嘉兴的诗。乾隆一生写了五万多首诗，不能一概否定，其中不乏佳作。这是他在乾隆二十二年（1757）二月第二次南巡到嘉兴时所写。诗中概括了嘉兴的历史和特点，表达自己的施政理想。

　　诗首联写南巡经运河到嘉兴的行程。颔联写嘉兴历史。颈联写嘉兴平原的特点：重视教化，经济繁荣。尾联议论，表示"博施济众"是皇帝的职责。此诗典雅得体，用典恰切，含义丰富。特别是对嘉兴的概括，准确而精炼。

● 注　释

①御舟：皇帝乘坐的船。　溯：逆流而上。大运河嘉兴段水流由西向东，而往杭州是向西而行，故称。漕河：运河，因运河的重要功能是运送漕粮。
②登陆：乾隆从运河到达嘉兴，骑马进城。辔[pèi]：马缰绳，此指皇帝车驾。
③此两句写东吴孙权开始开发嘉兴平原的历史。《诗经·大雅·文王》中有"周虽旧邦，其命维新"之句，说的是周朝的建立虽在商朝旧邦之上，但却是"新"授命于天。《尚书》中有《周书》，其中的《洪范》等篇被汉代"今文学派"解释为宣扬天人感应的谶纬之说（预示凶吉前程的迷信附会之词）。吴王黄武八年（229），孙权称帝。三年后的黄龙三年（231），孙权因嘉兴地方"野禾自生"，认为是祥瑞之兆，乃改年号为"嘉禾"，并将地名"由拳"改为"禾兴"，又在此地建立子城（几经兴废修建，今犹存）。后立孙和为太子，为避讳，将"禾兴"改为"嘉兴"。乾隆认为孙权登位建立东吴，也是借谶纬之说及"野禾自生"等祥瑞之物来说明自己的"合法性"，为自己统治服务。
④弦诵：弦歌、朗诵，古代指学校教育和诗礼教化，典出《论语·阳货》："子之武城，闻弦歌之声。"　渐摩：以仁义之道教育、逐渐感化百姓。
⑤被：披，覆盖。

⑥《论语·雍也》中子贡问孔子：如能做到"博施于民而能济众"，是否算达到了"仁"的要求？孔子回答道："这样当然称得上是"仁"，但尧舜恐怕也难以达到吧！"乾隆认为自己还做不到，所以觉得惭愧。

● 今 译

　　御舟沿着运河进入了嘉兴，上岸骑马车驾从城中经过。这里当年曾是孙权的东吴，因出产稻禾而命名"嘉禾"。这里到处可听到朗朗书声，这里蚕桑遍野是丝绸之府。惭愧天下还不能都富裕安详，这里看到的是一片民情谐和。

（撰稿人：徐志平）

罱泥

清·钱载

昨夜看天色,共说今朝晴。
我船篷已卸,虽雨担罱行。
两竹手分握,力与河底争。
曲腰箝且拔①,泥草无声并。
罱如蚬壳闭②,张吐随船盈。
小休柳阴饭,烟气船梢横。
吴田要培壅③,赖此粪可成④。
杨园《补农书》⑤,先事宜清明⑥。

钱载

(1708—1793)

  字坤一,号萚(tuò)石,秀水(今嘉兴)人。乾隆十七年(1752)进士,官至礼部侍郎。诗人、学者、书画家,曾任《四库全书》总纂。钱载的诗被认为是继朱彝尊后的又一位影响较大的浙江诗人,以他为中心形成了诗风相近的"秀水诗派",在清代诗坛上享有盛名。有《萚石斋诗文集》。

题解与赏析

嘉兴平原盛产水稻，过去农民为积肥和疏通河道，常于秋冬"罱[lǎn]泥"，即从河底将淤泥取来做肥料。嘉兴一带罱河泥有两种方法，一是用一只大的袋子，开口处是圆的铁箍，铁箍上用长绳拉着，用力将袋子往河中扔去，沉到河底后，船慢慢倒退或前行，河底的袋子便跟着将河泥拖进袋子，再用力提上来，倒入船中。一种是用"捻篙"，即用两根长的竹竿，底下用竹编成两爿畚箕状的竹篮，可以随意分开组合，犹如"河蚌""蚬子"。罱泥时，将竹篙伸向河底，张开两爿竹篮，将泥往里装，然后合拢往上提，即将河泥拉上倒进船中。此诗写的是后一种方法。

诗的前四句写罱泥前的准备工作。首先要挑选晴天，船篷要卸下，便于装载河泥。如果下雨天的话，一是不便罱泥，二是不能遮雨。接下去六句具体写罱泥的过程：将竹篙伸向河底后，两手分着竹篙张开下面的竹爿，用力将河底的泥装进去。然后人弯着腰，用力紧紧将竹篙合拢往上"拔"，将水下的泥与草一起拉上来。罱泥的竹爿像蚬子一样，能自由开合张吐，将河底的淤泥拉上船来。这几句写得十分简练传神。罱泥是十分辛苦的事，需要大力气。罱泥需要两人，一人摇船掌舵，一人罱泥。而由于罱泥人多，有时需要到很远的地方，到水急浪大的运河中，所以一般就在船上烧中饭吃。"小休"两句写中午将船停泊在树荫下，烧饭、吃饭、休息。诗的最后四句写罱泥的作用，可以作为庄稼的肥料，增加水田中的有机肥料成分，保证水田不会贫瘠。所以，清初桐乡炉头镇杨园村的学者张履祥，人称"杨园先生"，他生活在运河边，亲自参加劳动，专门写了《补农书》，总结栽种水稻等农作物的经验，里面也专门写到"罱泥"，并认为"罱泥"适宜在清明以前的冬春之际，那时农闲，又可使河泥堆积发酵，肥效更高。

● 注 释

①箝 [qián]：夹住。

②罱 [lǎn]：捕鱼或捞水草、河泥的工具。用罱捞泥称"罱泥"。

③吴：指江南。培壅：培土施肥。

④粪：肥料。此指河泥。

⑤杨园（1611—1674）：即张履祥，字考夫，号杨园。浙江桐乡杨园村（今桐乡市龙翔街道杨园村）人。明末清初理学家、农学家。有《杨园先生全集》《补农书》等著。

⑥指适宜在清明前罱泥，清明后农忙开始。

● 今 译

　　昨晚看天知道今天是晴天，船篷已卸下准备去罱泥。握紧竹篙尽力向河底搜刮，弯身用力夹住将泥草提起。蚬子似的竹篓将河泥倒入船中，中午停船在柳树下午饭休憩。田地要培土需要河泥作肥料，《补农书》说清明前罱泥最适宜。

（撰稿人：徐志平）

嘉兴运河诗（二首）

（一）

清·蒋之翘

凿怨疲民王气终，迢遥征挽此何穷①？
休言衣带闻溪水，共入平河七百中。

（蒋之翘《闻川怀古诗十二首》之一）

（二）

清·朱麟应

熙春桥外水如天②，五日争看竞渡船③。
蒲酒快斟人半醉④，钗头艾虎一丝悬⑤。

（朱麟应《续鸳鸯湖棹歌一百首》之五十九）

蒋之翘

（1604—1667）

字楚稚，号石林。秀水（今嘉兴秀洲区王江泾）人。藏书家，致力古学。家贫。明亡后隐居不出。后人辑其诗为《蒋石林先生遗诗》。

朱麟应

（1702—1775）

字梁在，号梧巢，秀水（今嘉兴）人。清代诗人、书法家。清初朱彝尊族中曾侄孙。雍正十三年（1735）曾被举荐博学鸿儒，未赴。乾隆十五年（1750）举人。有《耘业堂诗词稿》等著作，其中以《续鸳鸯湖棹歌一百首》为最著名，前人评为能对其族曾祖朱彝尊的《鸳鸯湖棹歌》"拾遗补阙，可称嗣音"。

● 题解与赏析

　　隋朝时为漕运开凿的大运河，客观上使得江南江北众多的水系河流得到了整治、贯通，特别是在江南一带，形成了"百里波平"的运河水系，便利了交通运输，促进了运河两岸的经济发展。大运河自镇江进入江南，至杭州约 400 公里。当年白居易任杭州、苏州太守，管辖的正是江南运河流域范围，他曾写诗"平河七百里，沃壤二三州"。运河自江苏吴江进入并贯穿而过嘉兴、桐乡（元代以前从桐乡崇福往南经海宁、长安再进入临平到杭州，元以后从崇福向西经塘栖进入杭州），长达 80 多公里。嘉兴平原众多的大、小河流，均纳入到了大运河的水系中。运河进入嘉兴的第一站即是王江泾镇。"闻川"是运河在王江泾一带的水系，也成为王江泾的古名。王江泾与吴江的盛泽镇隔着一条河。大运河促发了两地的政治、经济、文化的发展，明清时，这里以纺织业为主的家庭工场十分繁荣，这在许多诗人笔下有过详细生动的描写。明代著名的拟话本集（白话短篇小说）《三言》《两拍》中也有这一带家庭纺织业的故事。正因为有这样的基础，在改革开放的今天，这一带才又成为闻名中外的纺织业基地。这里也出了许多文人，留下了许多诗篇文章。

　　朱麟应的诗写出嘉兴端午习俗。"嘉兴端午·中国味道"成为历年来嘉兴端午文化艺术节的主题，每年都开展大量的活动，以继承发扬优秀的传统文化。嘉兴端午的历史可追溯到远古的"稻作文化"和"粽子文化"。端午纪念屈原，但在嘉兴还有另外一说：春秋吴越争战，嘉兴地处"吴根越角"，吴国大将伍子胥在嘉兴留下许多传说，他被吴王夫差冤杀后，人们为了纪念他，每年端午有划龙舟、吃粽子、挂香囊等许多习俗。其实，从科学角度而言，即将进入酷暑炎夏，各种害虫蚊蝇滋生，菖蒲、艾草、雄黄等都有杀毒灭害的功用，挂艾虎、喝菖蒲酒（或雄黄酒）等都有纳福驱邪的意义。这首诗抓住端午的这一习俗，利用通俗明快的棹歌（民歌）形式，描写人们喝菖蒲酒、挂虎形香囊、争看龙舟竞渡的场面，为我们留下古代的一幅民俗民风图。

● 注 释

①征：征伐。挽：拉（车）。此指征战和运粮。

②熙春桥：在嘉兴东门一带（今环城东路一带），建于明代，为商贸集散地，光绪《嘉兴府志》载此地"远近归市者肩相摩而趾相错"。

③五日：即端午日。

④蒲酒：菖蒲酒。菖蒲是一种水边生的芳香植物，有毒，是中国传统文化中可防疫驱邪的灵草，端午节有把菖蒲叶和艾草捆一起插于檐下的习俗。也有用少量菖蒲（或雄黄）浸酒，喝了据说可"以毒攻毒"。

⑤钗头：女子头上所插的装饰物。艾虎：丝绣的老虎样的香囊，内装艾草等芳香性的物品，挂于身上驱赶蚊蝇虫害。

● 今 译

（一）

隋炀帝开凿运河又征伐高丽，逼得百姓起义推翻了王朝。但不要说闻溪衣带宽的河流，也融入了千里大运河的河道。

（二）

东门外熙春桥下碧水映蓝天，争看端午龙舟竞渡翻江卷浪。菖蒲酒斟满喝得人半醒半醉，小孩子插着艾草挂着虎形香囊。

（撰稿人：徐志平）

嘉善篇

过武塘①

元·王冕

杉青闸转云间路②,河水分流过武塘。
客况惯经风雨恶③,诗情不减少年狂。
鱼盐市井三吴俗,海岛番航十丈樯④。
杨柳连堤鹅鸭聚,家家茅屋似淮乡⑤。

王冕

(1287—1359)

字元章,号煮石山农。浙江诸暨人。元末著名的画家、诗人、篆刻家。出身贫寒,幼年替人放牛,自学成才。王冕性格孤傲,鄙视权贵,同情百姓苦难。善于画梅咏梅,其写梅诗被选入中小学教材。清代小说《儒林外史》中有以他为原型的人物刻画。他的诗各体皆工,风格多样,被认为是元代的杰出诗人。有《竹斋集》。

● 题解与赏析

　　王冕曾游历各地，写下许多名篇。这首诗写他经嘉兴运河乘舟过嘉善的所见所闻，写出元代嘉善的风土人情，尤其写出了当时嘉善一带依托便利的交通和优越的地理位置促进经济繁荣的状况。

　　首联交待行程，突出了嘉善的地理位置。从嘉兴大运河的支流向东，即是流经嘉善北部、通向松江的三店塘，它联通北面的吴江、苏州，西面联通杭州、嘉兴，东面经松江流向昆山、上海直至海外，南面到达县城魏塘镇及平湖、海盐。四通八达的交通，促使嘉善成为一个四方商贾集中、商业繁荣之地。颔联写自己行程及游兴诗情，显示出他不羁的洒脱奔放个性。颈联和尾联写经过嘉善所见，描写出江南水乡平原的风俗特色及商业经济繁荣的现象。可以与明代周鼎的《西塘晓市》一起读。

　　这是一首七律诗，虽有严格的格律，但读来平易流畅。四联起承转合，自然流转，融情感于叙事、描写之中。中间两联对仗于不经意间，却工整而又灵动。尾联将嘉善水乡与淮河水乡相比，既写出诗人一路的行程，又显示出江南水乡的特色。

● 注　释

①武塘：由嘉兴方向流经嘉善进入松江的塘河，又名魏塘。嘉善县治所在地即在塘边，名魏塘镇。相传宋代时有魏、武两大姓居此，遂得名。但又据嘉善慈云寺（又名保安寺，寺有五凤楼）陆贽碑记有"跸驻魏武"，故又传说魏武帝曾驻跸于此而得名。但据考历史上称魏武帝的一是东汉末年的曹操，一是北魏太武帝拓跋焘，都未到过江南。
②杉青闸：嘉兴运河北向苏州、东向嘉善、松江的交通要道。　云间：松江。
③客况：游子奔波在外的经历状况。
④此两句写嘉善商业经济的繁荣。　三吴：泛指江南一带。海岛番航：指海外商人。十丈樯：指高大的帆船。

⑤淮乡：淮河一带的风情。

今 译

从嘉兴运河杉青闸驶向松江，沿向南支流武塘到达县治魏塘。我走南闯北见惯了风雨波浪，诗情犹是那少年时的奔放豪壮。看到江南的街市上商品繁多，挂着十丈大帆的商船驶向远洋。两岸杨柳飘拂鹅鸭水中嬉戏，农家的茅屋连片就像淮河水乡。

（撰稿人：徐志平）

平川十景（其一）

明·周鼎

西塘晓市

旭日满晴川，翩翩贾客船[①]。
千金呈百货，跬步塞齐肩[②]。
布褐解市语，童乌识伪钱[③]。
参差渔网集，华屋竞烹鲜[④]。

西塘古镇

周鼎

（1401—1489）

字伯器，嘉善西塘镇人。明代学者、书画家、诗人，明英宗正统年间（1436—1449）曾官沭阳典史。有《桐村集》《土苴集》等著。与陈舜俞、吴镇（元代画家）被誉为"嘉善三高士"。

● 题解与赏析

　　嘉善西塘古镇历史悠久，又名平川，被称为"吴根越角"，是古代吴、越接壤交界处，明代已成繁华的市镇。周鼎的《平川十景》组诗从各个不同角度反映出明代西塘的风貌。

　　这首诗选取了"晓市（早上集市贸易）"的场面，用白描的手法，写出了市镇的热闹，反映了五六百年前这里的商品经济已经十分发达。首联总写早上集市的热闹场面。颔联用夸张手法写街道上的热闹景象。颈联用两个细节写这里商品经济的成熟。尾联总括全诗，写出这里的富裕。

● 注　释

①翩翩：联绵，形容多。贾[gǔ]客：商人。
②跬[kuǐ]步：半步。此句形容人多。
③布褐[hè]两句：指穿粗布衣服的下层百姓。解：懂。市语：市场上做买卖的行话，即商业用语。　童乌：小孩。西汉扬雄有子名童乌，从小聪明，后借指聪明的小孩。　伪钱：假钞。
④华屋：漂亮的屋子。　竞：争比。　烹鲜：烧出鲜美食品。

● 今　译

　　早晨的阳光洒满了西塘河面，河面上泊满了四方商船。街上到处是琳琅满目的商品，人群来往拥挤得头脚相联。大家用商业行话讨价还价，连小孩也能识别真钞假钱。河中停泊着众多的捕鱼船，两岸的华屋中攀比着盛筵。

（撰稿人：郁伟新）

满江红·江村

清·曹尔堪

柳浪方高,桃花雨,一村都涨①。应自慰,春风未老,故园无恙②。篱笋新抽江燕出,芦芽半卷河豚上③。豆畦边,荠美采盈筐,东邻饷④。

柴门外,微波漾;芳树杪,时禽唱⑤。好邀来春社,细斟家酿⑥。欢喜儿童鸭脚果,逍遥父老蛇条杖⑦。恕余顽,醉后越痴狂,真无状⑧。

曹尔堪

(1617—1679)

字子顾,号顾庵,嘉善人。清初官翰林院编修,升侍讲学士。后遭贬谪,游历南北,广泛结交各地诗人词人,以诗词闻名。其诗清丽可讽,与当时的名诗人宋琬、王士祯、施润章等被称为"海内八大家",有《杜鹃亭集》《南溪集》等。词尤有名,有《南溪词》,与当时山东词人曹贞吉齐名,人称"南北二曹"。他是"柳州词派"中的代表,也是清初词坛上一位有影响的词人。曹家是嘉善望族,历代出了不少诗人、词人。

● 题解与赏析

　　词是继格律诗后的一种合律合乐的新诗体,又称为"长短句""曲子词"等。它兴起于隋唐之际,至宋代达到兴盛,元明时曲兴起,词、曲合流,词被认为衰落了。至明末清初,词又复兴。明末清初有活跃在松江一带的"云间词派",在嘉兴王店一带的"梅里词派",在杭州一带的"西陵词派",以及在嘉善一带的"柳洲词派"。明代时,嘉善县城开凿河流,在城北一带堆筑成土墩,后在此建造亭台,称为"柳洲亭",一批文人在此吟诗作词,人们称之为"柳洲词派"。有词集或词作传下的嘉善词人200余家。

　　这首词写于曹尔堪经历宦海风波后回到家乡,描绘了家乡的优美景色,以衬托清初官场的黑暗和险恶。词的上片写家乡春景,正是春天桃花水涨时节,词人回到家乡,看到一片春意盎然,家乡风光依旧,心中聊觉"自慰"和平安归家的喜悦,暂时忘却了仕途奔波、宦海险恶的忧虑。下片写家乡风物人情。春社是农村中难得的欢庆节日,儿童的"鸭脚果(裹)"、老人的"蛇条杖"两个细节入词,尤添生活气息,衬托词人对家乡的热爱。清初尤侗评曹尔堪词:"以深长之思发大雅之音,如桐露新流,松风徐举;秋高远唳,霁晚孤吹。第其品格,应在眉山、渭南(按:指苏轼、陆游)之间。"从此词中可体味到这种特色。

● 注　释

①桃花雨:春天桃花开时的雨。

②无恙:没有什么妨碍(暗指经历了明清易代、贬谪等打击)。

③篱笋:穿过篱笆的笋。 河豚:鱼名,有毒,味鲜,春天时在江南上市。

④荠 [jì]:即荠菜,一种味道鲜美的野菜。 饷 [xiǎng]:馈赠。

⑤杪 [miǎo]:树梢。 时禽:应季节出现的鸟。

⑥春社:农村春天的社祭活动。 家酿:自制的酒。

⑦鸭脚果：儿童初学步样子。果通"裹"。 蛇条杖：蛇形的拐杖。
⑧恕：原谅。 顽：像小孩一样顽皮。 无状：因酒醉、高兴而忘形。

今 译

春雨沙沙，杨柳飘舞，桃花盛开，小河急流水涨。聊可自慰，久别故乡，春风阵阵，家山平安无恙。春笋出土，燕飞江面，芦芽参差，河豚跃跃欲上。豆畦行行，叶绿苗壮，东邻送来，嫩绿荠菜满筐。

推开柴门，河波荡漾，门前芳树，传来莺啼燕唱。春社祭祀，邀来客人，一起畅饮，自酿美酒飘香。小孩欢跃，迈步摇晃，老人欢笑，拄杖自站一旁。我也难忍高兴，忘掉年纪，醉后与大家一起疯狂。

（撰稿人：徐志平）

水龙吟·吴歌①

清·郭麐②

摩诃池上歌残③,一声何处悠扬起。将连忽断,似无还有,月明风细。月子弯弯,花开缓缓,一般情思④。算笛家不是,渔家不是⑤,问莫是,刘三妹⑥?

《子夜》《四时》堪拟⑦。变新声,我侬欢喜⑧。扁舟夜泊,人家两岸,听风听水。白葛单衣,蒲葵小扇,新凉天气⑨。又前溪柔舻,呕哑说是,钓船归矣⑩。

郭麐

(1767—1831)

字祥伯,号频伽,江苏吴江人,后迁居嘉善魏塘。国子监学生,久困科场,长期客游江淮间,以坐馆授徒为业。宗奉"浙西"词旨,推崇朱彝尊等词人,被人称为"浙派殿军"。清代中期著名词人,有《灵芬馆词话》及《灵芬馆词》四种(《蘅梦词》《浮眉楼词》《忏馀绮语》《爨馀词》),存词420余首词。

● **题解与赏析**

　　南朝乐府民歌中有"吴歌",指流传在江南杭嘉湖平原一带的民歌。遗风延续,在嘉善也一直有"田歌"流传。田歌以其内容通俗易懂、贴近百姓生活而获得普及,并形成丰富的音乐曲调。2001年,嘉兴市根据嘉善田歌《五姑娘》改编的歌剧在全国第七届艺术节上获得文华大奖。郭麐的这首词为我们保留下田歌在古代流传的资料。

　　词的上片正面描写田歌演唱的情景。白天寺庙(摩诃池)的歌声(应该是念经拜佛声)刚消停,悠扬的吴歌声便传来,美妙的歌声在"月明风细"中似断还续,委曲情深。这是"刘三妹"这样的民间歌手的歌唱。下片从听众的角度写听歌的感受,以烘托吴歌的优美动听。它与南朝时的《子夜》《四时》相比,是更动听的"新声"。歌声传来,使得泊舟江上的行客、两岸家居的百姓、穿着单衣摇着蒲扇的乘凉人群,都沉浸在歌声中,忘记了回家,也忘记了一切。

● **注释**

①吴歌:古代把江苏南部和浙江北部称为"吴",春秋时属吴国,后设吴郡。古代又把吴郡(今苏州、嘉兴一带)、吴兴郡(今湖州一带)、会稽郡(今杭州、绍兴一带)称为"三吴"。泛指江南地区。

②麐;音lín。

③摩诃[hē]:梵语,此指寺庙。

④月子:月亮。 情思:指歌曲中传达的情感似月似花,细腻含情。

⑤笛家:指艺人。 渔家:指打渔的人。

⑥刘三妹:指民间艺人。

⑦《子夜》《四时》:南朝吴地的民歌。 拟:比得上。

⑧新声:新的乐曲。 我侬:我。

⑨新凉:初凉。

⑩呕哑[ōu yā]：摇船的象声词。

今 译

寺院里诵经的声音刚刚停息，美妙的田歌声便悠然响起。月光下风中传来的歌声似断还续，余音袅袅，甜美无比。婉转悠扬似弯弯的月儿，情思深深似花香细细。不是艺人卖艺，也非渔民渔歌，是田间女子的燕语莺啼。

它使人重回记载中《子夜》《四时》歌的美妙境地。它又融合了时代的新声，让我们大家欢快欣喜。你看两岸停泊满船只，都在风声和传来的歌声中凝睇。新秋时节家家屋门前都有穿着单衣摇着蒲扇的歌迷。直到夜深，船上的人们才互相提醒赶快回到家里。

（撰稿人：徐志平）

魏塘竹枝词（一百二十首选三）

清·孙燕昌

（一）

手捧弹章叩玉阶①，槛车人去冷书斋②。
一门竟得全忠孝，庭训能教子弟佳③。

（二）

一望黄云被绣塍，如墉如栉庆三登④。
劝郎多种羊脂糯，十月新窨胜绍兴⑤。

（三）

玉臂弯弯纺木棉，兼斤一陌是庄钱⑥。
织成不让丁娘子，只待苏松抄布船⑦。

孙燕昌

　　生卒年不详。字尘谈，号孙圃。嘉善魏塘人。乾隆三十六年（1771）举人。工诗善画，有《柳南草堂吟稿》《魏塘竹枝词》120首等。

● 题解与赏析

　　竹枝词以反映一地的人文历史、民俗风情为主要内容，各地都流传有这一类诗歌。嘉善一地，也有许多，其中孙燕昌的《魏塘竹枝词》120首即是其中之一。

　　这里选取的第一首写明末嘉善魏大中一门与魏忠贤阉党斗争的壮烈事迹。明代天启年间，太监魏忠贤为首的"阉党"把持朝政，祸国殃民，一些正直的清流官员与之展开针锋相对的斗争，遭到魏忠贤"阉党"的残酷迫害。魏大中因上奏揭露魏忠贤"阉党"，被诬陷罗列罪名逮捕。当魏大中被押送进京、离开家乡嘉善时，嘉善数千百姓"号泣"相送。"大中从容慰止"，关照少子魏学洙"只是读书"。长子魏学洢偷偷随父进京营救。魏大中被关进监狱，受尽酷刑被迫害致死。魏学洢护送魏大中棺木回嘉善，因悲伤过度也去世。后崇祯登基，除掉魏忠贤阉党。魏大中次子魏学濂沥血上书为父申冤，崇祯下旨平反昭雪。魏氏一门得旌"一门忠孝"，在嘉善建祠纪念。诗概括了魏大中一门的忠烈事迹。魏学洢有《茅檐集》传世，其中有曾被选入中学课本的《核舟记》一文。

　　第二首写嘉善特产优质大米及酿制的美酒。据光绪《嘉善府志》，明清时在江南苏州、常州、湖州、嘉兴、松江五府额外征收"白粮"，专供宫廷和京师官员使用。嘉善有不少优质糯米品种，其中有"羊脂糯"（又名"鹅脂糯"），五月种，十月成熟，"色白性软"，适宜酿酒，特别是酿成黄酒，其醇香不逊于绍兴的黄酒，名"十月白"（今名"善酿酒"），至今嘉善的西塘黄酒犹名闻遐迩。诗写出秋收时平原一片金黄的丰收景象，运用民歌特有的以男女爱情为引子，写出"羊脂糯"酿酒的特产。

　　第三首写嘉善一带种植棉花，农村妇女勤于纺织，形成纺织经济。棉花自宋代引进，至元代时，这里就成为纺织、销售的中心，民间有"买不尽松江布，收不尽魏塘纱"的谚语。有专家认为，这是新的资本主义经济的萌芽。著名的元代纺织家黄道婆就是紧邻嘉善的松江人（松江原一直是嘉兴所辖，至元代至元十四年[1277]时独立设府）。明代时，有名叫丁娘子的妇女织出精软的优质布，

"丁娘子布",又名"飞花布",成为名闻天下的品牌。清初朱彝尊曾得到汪懋麟赠送的"丁娘子布",专门写诗赞扬:"丁娘子,尔何人?织成细布光如银。"诗中还写到此布"重之不异貂襜褕""晒却浑如飞瀑悬",尤其是"裁作轻衫春更宜",穿着它,可以与富贵"红裈锦髻儿"相媲美。

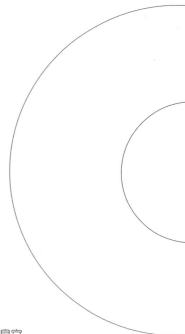

注释

①手捧:指魏大中弹劾魏忠贤阉党的奏章。 玉阶:指皇宫。

②槛车:押送犯人的囚车。指魏大中被逮押送至京。书斋:魏大中书斋名"藏密斋"。

③庭训:父亲教育儿子。典出《论语·季氏》孔子教育儿子孔鲤。 相传魏大中被押送至京,关照少子魏学洢"只是读书"。

④黄云、绣塍:形容稻黄丰收景象。 墉[yōng]:城墙。 栉[zhì]:梳子。比喻水稻长得密密实实。 三登:连年丰收。

⑤篘[chōu]:滤酒用具,此代指酒。绍兴:指绍兴黄酒。

⑥兼斤一陌:兼斤:两斤。陌:一百文钱为一陌。庄钱:布庄收购布匹所给的工钱。

⑦抄布船:收购布匹的商船。

今 译

（一）

迈上金殿手捧弹劾奸党的奏章，被押进囚车赴京空留下家中书房。魏氏一门父子兄弟忠孝齐全，优秀子女全凭父亲平时教育有方。

（二）

稻田金黄如天上云彩锦绣灿烂，密密层层铺满田野丰收就在眼前。劝郎君多多栽种"羊脂"糯稻，十月里酿成美酒可与绍兴酒并肩。

（三）

妇女们日夜挥动手臂弹纺木绵，织成布匹卖到布庄换得银钱。她们织布的手艺比得上"丁娘子"，织好了布等待那收购的商船。

（撰稿人：徐志平）

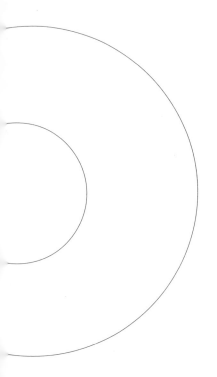

平湖篇

九里松马上作①

宋·赵孟坚

九里松株不断青,松风上发下泉声。
耳边为爱闻天籁②,故约游缰缓缓行③。

赵孟坚

(1200?—1264?)

字子固,赵宋王室后代。北宋灭亡后,其祖先南渡,家居平湖广陈。宋理宗宝庆二年(1226)二十七岁时考中进士,曾任湖州、诸暨、严州(今浙江建德)等地方官及转运使,后升为翰林学士承旨(负责诰令的撰写、核对等),再后罢归而隐居广陈。

居住在湖州的书画家赵孟𫖯系其族中堂兄。赵孟坚虽名声不及赵孟𫖯,但在书画、诗词方面也很有成就。赵孟𫖯后来出仕元朝,为人所诟。传说赵孟𫖯来广陈探望堂兄,赵孟坚冷淡对待,走后关照将其所坐凳子洗涤,至今广陈有"洗凳河"。其实,赵孟坚比赵孟𫖯年长50多岁,死时南宋还未灭亡,这样的事不可能发生,只不过是人们看不起赵孟𫖯降元的假托传说。

● 题解与赏析

　　松树为气节坚贞的象征，历来是文人笔下赞美的对象。这首诗也借物咏志，表现其爱好青松、爱好自然的情操。前两句写松，风吹松声与泉声共鸣。松树高大叶茂，挺拔穿天，不怕严寒；风吹松树又犹如大海涛声，雄壮豪迈，引人奋发。后两句抒情，写自己对松声的喜爱，因为这是"天籁"（自然之音），毫无做作，不尚矫饰，故而骑马至此，缓缓而行，欣赏青松的雄姿，聆听如涛的松声，感受涛声的魅力。

● 注　释

① 九里松：今平湖城西北有九里亭。古代于通衢大道建亭以供人歇息，两旁往往栽种树木。
② 天籁[lài]：自然之音。籁本指古代一种能发声的箫，引申为由孔发出的声响。
③ 约：约束。游缰：马缰绳。

● 今　译

　　九里大道两旁青松连绵挺立，风吹松声与泉水流鸣上下相应。耳边爱听这自然的天籁之音，拉着马缰绳让马儿缓缓地行进。

（撰稿人：徐志平）

登汤山①

明·赵伊

烟花山际傍孤城②,忆昨旌旗照眼明。
海气似团云鸟阵,江潮犹带鼓鼙声③。
几家村落依荒戍,连岁艨艟集幕兵④。
此日登临成感慨,倚天长啸暮云横。

乍浦汤山古炮台

赵伊

(1512—1573)

字子蘅,平湖人。明世宗嘉靖十年(1531)举人,官至广西按察副使。后以父老乞归,归居平湖。有《序芳园稿》。

● 题解与赏析

汤山在平湖乍浦海边,是嘉兴平原的海防前线,江南的门户。明初,朱元璋派大将汤和镇守于此并筑城。明代中期后,倭寇多次于此入侵骚扰,成为江南、嘉兴一带最大危害。这里曾发生过多次抗倭战斗。至第一次鸦片战争时,英军又由此入侵,遭到军民抵抗。抗日战争时,日寇也由这一带登陆入侵。这首诗回顾发生在这一带的抗倭斗争,感慨和忧虑家乡遭外敌入侵。

诗的首联总起,回忆这里曾发生过的激烈抗倭战斗。颔联写景,用比喻将所见的海上景色想像成当时的激战情景。颈联感慨战争给百姓带来的破坏和骚扰。尾联以抒情感慨作结。全诗风格深沉,对仗工稳,叙事、写景、抒情结合自然,读来音韵婉谐,回味深长。

● 注 释

①汤山在平湖乍浦海边,有众多景点。
②孤城:指乍浦城。明初汤和为抵御海寇而筑。
③云鸟两句:云鸟阵:云鸟成阵。鼓鼙[pí]:战鼓,常指代战争。
④几家两句:荒戍:冷落荒凉的边防哨所。艨艟[méng chōng]:战船。

● 今 译

汤山烟云笼罩着乍浦孤城,这里曾经是旌旗炮火耀眼明。海面上犹凝结着团团战云,江潮声中似夹杂着战鼓声声。海边的村庄紧靠荒凉哨所,海边连年排列着战舰和士兵。今日登临汤山犹感慨万分,仰天长叹看着天边沉沉暮云。

(撰稿人:徐志平)

寄题萧使君弄珠楼①

明·董其昌

闲将乡思倚层霄,吴楚乾坤共沈漻②。
鹦鹉夜警才子赋,凤凰春怨美人箫③。
山连秦皇三神近,湖似浔阳九派消④。
一自明珠还海曲,采风应到弄珠谣⑤。

董其昌

(1555—1636)

　　字玄宰,号思白,别号香光居士,松江华亭(今属上海市)人。明朝后期大臣,著名书画家。

● 题解与赏析

此诗咏平湖东湖名胜弄珠楼。平湖处嘉兴平原的下游,多条水流汇聚,流入东湖(又名当湖),遂成风景名胜。弄珠楼是东湖景点之一,登楼可望见平原、大海。首联总写登楼感受:面对空旷寥廓,使人忘却了乡思闲愁。颔联从当湖的雅名及湖上箫声引出,写弄珠楼给文人以才思,引人美妙遐想。颈联写楼的四周地理环境,突出其悠久的人文历史和重要的水利地位。尾联从弄珠楼的名字引发想象,东海的明珠归于当湖,诗人们应到此处来引发诗情,以突出东湖和弄珠楼的诗情画意。全诗起承转合,虚实结合,构思巧妙。语言典雅优美而又平易流畅,对仗工整。

● 注释

①萧使君:姓萧的县官。使君:对知府或知县的尊称。 弄珠楼:平湖东湖的景点。初建于明嘉靖年间,因九条支流汇合东湖,遂建亭于湖中,犹如九龙戏珠,故名戏珠亭。明万历年间修建,改名珠台楼,又称弄珠楼,成为风景名胜。后多有兴修,毁于咸丰年间太平军时期。

②吴楚:指嘉兴平原大地。春秋时这里属吴国,战国时属楚国。 泬寥[xuè liáo]:空旷清朗貌。

③鹦鹉两句:鹦鹉:东湖又雅称鹦鹉湖。警:敏捷、机灵。 凤凰句:写湖上美女幽怨的箫声。

④山连两句:秦皇:指不远处的海盐秦驻山,相传秦始皇曾南巡驻扎于此。 三神:指泖湖(地处平湖、松江、金山、嘉善一带的湖泊,现大部分已湮塞) 三姑:相传秦始皇时有邢氏三姑。长曰云鹤夫人,为沈湖之神;次曰月华夫人,为柘湖之神;季曰降圣夫人,为淀湖之神。 浔阳:古代长江在今九江附近有9条支流汇入,故称九江,又称浔阳江。

⑤海曲:海隅,海湾。 采风:寻找题材写诗。

今 译

怀着闲情乡思登上高高的弄珠楼,辽阔无边的江南大地尽收眼帘。 鹦鹉湖的美景引发才子的文思,幽幽的箫声传来美女的绵绵情怨。 远望海边秦山和荡漾的三泖湖,茫茫九派汇聚这里又向远处伸延。 是否东海的明珠归还给了东湖,让文人墨客在这里谱写妙语佳篇。

(撰稿人:徐志平)

风入松①

清·沈岸登

东湖东畔有鲈乡②。绿遍旧垂杨。故人问我移家处,隔秋云,一线溪长。恼乱比邻鹅鸭③,传呼日夕牛羊④。

玉缸分碧过苔墙⑤。薄醉引新凉⑥。茅堂不为斜阳闭,怕年时、燕子思量⑦。荷叶青裁衫袖,竹根淡约钗梁⑧。

沈岸登

(1639—1702)

　　字覃九,号南淳。平湖林埭人。工词,善书画,当时人视为"三绝"。一生未出仕,性耽泉石,不求闻达,布衣蔬食,习以为常。有《黑蝶斋词》70余首。与他的叔叔沈皞石同以词闻名,是清初著名的"浙西六家"词人中的两家,也是早期浙西词派的重要词人。

● 题解与赏析

　　清初诞生在嘉兴平原上的"浙西词派"宗奉南宋姜夔、张炎"清空""醇雅"（艺术上的空灵含蓄，内容感情上的深沉雅正）的词风，沈岸登的词也是如此。朱彝尊赞他"学姜氏而得其神明"，特别是他描写家乡风物的词，往往能抓住嘉禾平原乡村的特点予以刻划。笔触细腻，工于造语，词风清新淡雅，意境恬淡安详，宁静雅致，富有诗情画意，呈现出"浙西"词风的总倾向，读来使人有如临画境之感。

　　这首词刻画家乡的优美景色和淳朴的风物特色。上片描写家乡的环境，垂杨环绕小溪，牛羊鸡鸭成群，一片农家安详气象。下片刻画风物人情，新酿美酒飘香，门前燕子飞翔，特别是爱美的少女，穿着绿色的衣衫，头上插着竹枝做成的钗，这一细节把农家姑娘虽贫穷但爱美的天性描写得很逼真。

● 注释

①风入松：词牌名。

②鲈乡：产鲈鱼之乡，泛指江南水乡。

③恼乱：指鸡鸭叫声嘈杂。比邻：紧邻。

④传呼句：指傍晚赶牛羊归巢。此句用《诗经·王风·君子于役》中"日之夕矣，羊牛下来"之典。

⑤玉缸句：指将酒缸中的酒分开装瓮，酒香四溢。

⑥薄醉：稍微有点醉意。新凉：初凉。

⑦茅堂句：傍晚不关闭茅屋门，怕燕子归巢时认不出旧巢。

⑧荷叶句：指村中（或家中）少女朴素美丽的装饰。

● 今 译

　　东湖的东面是我的家乡，那里有一片碧绿的垂杨。朋友问我的家在哪里？就在秋云下弯弯的小溪旁。邻居家的鸡鸭声声喧哗，傍晚时吆喝着归家的牛羊。

　　谁家分装新酿美酒香气飘过邻墙，微微醉意透着新凉。茅屋的门不要关上，怕燕子归来时认不清旧巢门堂。少女们穿着荷叶绿的衣衫，头上插着竹枝削成的钗妆。

（撰稿人：徐志平）

泖水乡歌(选三)

清·俞金鼎

(一)
壤接金山水一方,泖湖遍野课农桑①。
灌田自有潮来去,潦旱无忧十四坊②。

(二)
堂开轮奂号三鱼,尚义坊头陆氏庐③。
闻说鄱阳风浪险,漏舟稳渡五更初④。

(三)
泖滨妇女助农忙,东削棉花西采桑⑤。
剥茧缫丝蚕事了⑥,又劳纤手拔新秧。

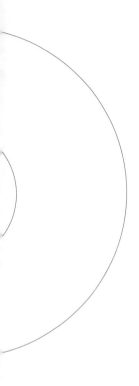

俞金鼎

(1833—1911?)

字蕴甫,号蓉生,平湖新埭人。清同治年间秀才。博学能文,专心家乡文史,搜集嘉兴风土人情轶事等文献。著有《泖水乡歌》(100首)等。

● 题解与赏析

平湖一带流传着许多"乡歌""竹枝词""棹歌"一类民歌,广泛反映了这一地区的人文历史。俞金鼎的《泖水乡歌》即是其中之一。泖水,即泖湖(见前董其昌诗下注)。俞金鼎的同乡高廷梅在序中说:"我邑东北境,与江苏金山县接壤(按:金山今属上海市)。三泖之水,灌注其间,通潮汐而利农田。三泖者,长泖、大泖、圆泖也。在我邑境者为长泖,《名胜志》所谓三泖之上流也。新溪市集,濒临泖水,附近数里,皆泖水流域。"这三首诗分别从三个角度写了平湖新埭一带的人文历史风貌。这类文人化的民歌既保留民歌生动反映现实、通俗平易的特点,又将格律诗的形式和手法引入,使这类诗读来分外亲切,韵味深长。

● 注 释

①课:征税。指这一带主要从事农桑缴纳赋税。
②潦:同"涝"。十四坊:泖湖地区的14个村坊。
③尚义坊:清初被誉为"本朝理学儒臣第一"的著名理学家陆陇其住新埭居,陆家居住在尚义坊,名"三鱼堂"。轮奂:美轮美奂,指建筑的高大华丽。
④闻说两句:当地有关于写"三鱼堂"的传说:陆陇其的七世祖陆溥在明初曾任江西丰城丞,有一次督运物资渡鄱阳湖,半夜风浪大而船漏,陆溥向天祷告:"舟中一钱非法,愿葬身鱼腹。"船果止漏。第二天早晨一看,是三条鱼裹着水草堵漏。此传说反映陆氏家族清廉家风。陆陇其本人也以清廉著称。
⑤泖滨两句:指当地栽种棉花和桑树。 削:削草松土。
⑥了:完结。

今 译

（一）

新埭金山两地相联接壤，泖湖两岸遍是禾苗绿桑。潮水涨落有利田地灌溉，无忧无虑不怕旱涝灾荒。

（二）

高大华丽的陆氏三鱼堂，坐落在泖水旁的尚义坊。相传风浪中夜渡鄱阳湖，老天护佑廉吏平安无妨。

（三）

泖乡妇女日夜辛勤操劳，东边锄地还要西边采桑。待到养蚕采茧缫丝事了，又要忙于田间拔秧插秧。

（撰稿人：徐志平）

海盐篇

横山故居①

唐·顾况

家在双峰兰若边②,一声秋磬发孤烟③。
山连极浦鸟飞尽④,月上青林人未眠。

山中

唐·顾况

野人向爱山中宿⑤,况在葛翁丹井西⑥。
庭前有个长松树,夜半子规来上啼⑦。

顾况

(708—801)

字逋翁,号华阳真逸,海盐人。中唐著名现实主义诗人,有《华阳集》传世。唐代散文家皇甫湜在为顾况诗所作的序中评论顾况的诗"偏于逸歌长句,骏发踔厉,往往若穿天心、出月胁,意外惊人语非寻常所能及"(任意驱使清丽灵秀之景物作为诗的思想感情,出于奔放自然的个性作为诗的气质,运用鲜丽优美的语言作为诗的章句,特别擅长长篇歌行体,犹如骏马一样奔跑跳跃,往往能说到人的心中,给人以意外惊喜,非常人所能及)。

● 题解与赏析

　　顾况各体诗均为人称道,尤其是他的歌行体和乐府诗。这两首七绝是他写景抒情为主的小诗。两首诗均写家乡山中清新优美的自然风光,从中隐含自己热爱自然、追求自由、不受拘束的个性,体现出清新、自然、蕴藉的风格特色。前一首先写自己居住的清幽环境,并以寺院磬声衬托,深谙"蝉噪林愈静,鸟鸣山更幽"的美学原理。再以鸟的自由飞翔来暗喻自己的追求。后一首以古代道家葛洪来比况,表现自己不受拘束的山野之人的个性。

● 注　释

①横山:在今海宁市,原属海盐县,1961年分治划归海宁,是顾况家乡。

②双峰:指大横山、小横山。兰若:梵语"阿兰若"的省称,即寺院。

③磬[qìng]:佛寺中一种打击乐器,僧人做法事或念经时击打。

④极浦:极远的水边之地。因这里是平原,横山不大,登山远望可见极远。

⑤野人:形容自己是不受拘束的山野之人。

⑥葛翁丹井:相传东晋道士葛洪在海宁东山炼丹,有炼丹井遗址。

⑦子规:杜鹃鸟。

● 今　译

　　我家住在横山双峰的寺院边,听着寺院的钟磬远望一片晴烟。无边无际的天空任鸟儿展翅,直到月亮挂在林梢我难以入眠。

　　山野之人偏爱住在深山中,西面的丹井曾住过古代的葛仙翁。庭院前长着高大的松树,最爱听半夜里子规在树上啼鸣。

(撰稿人:徐骏)

海盐官舍

唐·刘长卿

小邑沧洲吏①,新年白发翁②。
一官如远客③,万事转飘蓬。
柳色孤城里,莺声细雨中。
羁心早已乱④,何事更春风?

刘长卿

(709?—780?)

字文房,宣城(今属安徽)人。唐玄宗天宝年间进士,唐肃宗、德宗时官至监察御史。后两次贬谪,曾被贬为海盐县令。终官随州(今属湖北)刺史,人称"刘随州"。中唐诗人,"大历十才子"之一,尤善写五言诗,人称"五言长城"。有《刘随州集》。

● 题解与赏析

海盐于秦始皇实行郡县制时设县，已有2000多年历史，许多历史人物都曾有题写海盐的诗词篇章留下。中唐著名诗人刘长卿也有多首写嘉兴、海盐的诗，这是其中的一首。

诗中描写春日海盐风光，抒发思念家乡之情。前四句感慨自己身为小吏，远离家乡，隐含仕途不遇之牢骚。颈联写景，将小城初春景色写得十分优美传神。这两句用名词构成四个意象组合，不用动词和形容词，给人留下思索不尽的余地。明代谢榛曾对唐诗中司空图等同样的句式评论道："善状目前之景，无限凄感，见乎言表。"（《四溟诗话》）也可移以对这两句的评价。尾联抒情，用反问反衬客乡春天景色宜人，从而引发自己的思乡之情，隐含被贬谪的牢骚。

● 注　释

①沧洲：指偏远的临海之地，指海盐县。
②白发翁：作者自指，为感慨年华逝去。
③远客：指自己因贬谪而远离家乡。
④羁心：羁旅客地、思念家乡之心。

● 今　译

我在偏远临海的小县当官，新年到来时已白发盈颠。离开遥远的家乡寄居在此，就像蓬草随风飘荡四散。孤零零的小城杨柳碧绿，濛濛细雨中莺声千回百啭。莺声更搅乱了我的思乡之心，鸟儿你为何在春风中叫得欢？

（撰稿人：徐骏）

秦始皇驰道①

宋·韩维

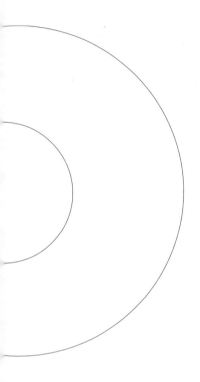

秦皇骋奇观②,不惮阻且修③。
万里走辙迹④,八荒开囿游⑤。
劳歌久已息⑥,遗筑今尚留。
千载威灵尽⑦,骊山空古丘⑧。

韩维

(1017—1098)

　　字持国,开封雍丘(今河南杞县)人。北宋官员,曾官翰林学士、开封知府等职。有《南阳集》。

● 题解与赏析

秦始皇南巡至嘉兴、海盐、海宁等地，在各地都有许多传说，历代诗人多有题咏，留下许多的诗文。海盐秦山即因秦始皇而得名。这首诗咏诵秦始皇在海盐留下的古迹驰道，抒发感慨，既肯定秦始皇统一中国、巡视各地、开展各种大工程，促进南北民族融合的功绩；又批评秦始皇滥用民力、不施仁义，二世而亡。诗的前四句以叙述为主，就海盐秦始皇驰道开展评论；后四句以感叹为主，说秦始皇生前的威灵如今早已泯灭，这真是"是非成败皆成空"！

● 注　释

①驰道：秦望山通向海盐县城沿海筑有大道，相传为秦始皇时所作，称为驰道，后因潮水冲啮，改为石堤。光绪《海盐县志》有"山下长堤沿海，相传为秦始皇驰道"的记载。又据《越绝书》，秦始皇时又有从金山至澉浦的驰道，称"陵水道"。
②骋：驰骋，此指施展。
③不惮句：不怕阻碍与漫长。
④辙迹：车轮碾过的痕迹。此指秦始皇建造大道，实行"车同轨"。
⑤八荒：极远之地。囿[yòu]游：游玩园囿之地。
⑥劳歌：劳作之歌。指秦始皇驱使民工建筑长城。
⑦威灵：声威。
⑧骊山：在今陕西临潼县东，相传秦始皇墓葬其北。

● 今　译

秦始皇喜好施展他奇特壮观的计划，不怕艰难阻碍修筑了长长的驰道。天下万里大道上车辆同轨齐行，建筑的园囿延伸到了八荒的远郊。成千上万的民工被驱使着劳作，修筑的长城一直遗留到今朝。千载以来他的威势已经丧失尽，只留下骊山的陵墓供后人来凭吊。

（撰稿人：徐志平）

秋游海上(五首之一)

明·郑晓

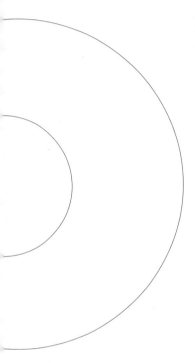

孤城海上若星棋①,闻说三迁事更悲②。
百谷东南空地力③,九秋潮汐自天时④。
黄湾水落鱼虾乱⑤,白塔烟深草木迟⑥。
鼖鼓年来犹未息⑦,何人肉食抱长思⑧?

郑晓

(1499—1566)

　　字窒甫,海盐人,嘉靖二年进士。官至兵部右侍郎兼副都御史、刑部右侍郎、吏部尚书等职,因不与严嵩合作而遭贬。还乡后,居武原镇百可园,取"咬得菜根,百事可为"之意。卒后,隆庆时追赠太子少保,谥端简。能诗文,著作繁多,有《郑端简公文集》等。

● 题解与赏析

郑晓是明代中后期一位正直有为的官吏,面对明代嘉靖时期的社会矛盾,他深感忧虑而又无能为力,这组诗共五首,借秋游海盐反映出他的这一思想矛盾。

此诗是组诗的第一首,前四句概括海盐的地理形势及历史沿革,它作为我国东南海上屏障,孤城面对大海,受到海潮的日夜侵袭。特别是明代中后期的倭寇骚扰,更给百姓带来巨大灾难。据《嘉兴市志》记载,明代嘉靖三十二至三十五年(1553——1556)短短几年间,倭寇侵袭嘉兴各地达百余次,两掠嘉兴,三陷嘉善,两占崇德,一占乍浦,七进硖石,包围桐乡,几次攻打和骚扰平湖、海盐。嘉兴百姓深受其害。而统治者有哪一个真正关心国家百姓的利益呢?五六两句写景,描绘出沿海一带的苍茫寥廓。尾联以感叹抒情作结。全诗情感沉郁,感慨深沉,是政治家之诗,但又写景贴切,形象鲜明。

● 注 释

①星棋:形容"孤城"之孤与小。

②闻说句:指海盐县城三次迁移。秦始皇时设县,县城在今上海金山一带;后因海水陷没而搬迁至今平湖城关镇一带;后又因地陷而搬迁至今武原镇。

③百谷:指海盐沿海一带多山。 空地力:指由于自然地貌的原因,未能充分利用土地。

④九秋:指秋季。秋季三个月共90天,故称。

⑤黄湾:今属海宁。

⑥白塔:海盐近海中的小岛,山上建有白塔。自黄湾尖山至海盐沿海皆是山。

⑦鼙[gāo]鼓:古代用于役事的大鼓,此指倭寇的骚扰。

⑧肉食:指统治者。

● **今 译**

　　海盐孤城像星棋一样挺立海边，可悲的是历史上它曾三次搬迁。海盐临海多山不能充分利用土地，一年四季又要承受海潮冲击泛滥。自黄湾向东的海中鱼虾丰富，白塔山草木茂盛屹立在海口浪尖。可叹多年来战事不断国事未安，居高位者谁能把国事民生放心间？

（撰稿人：徐志平）

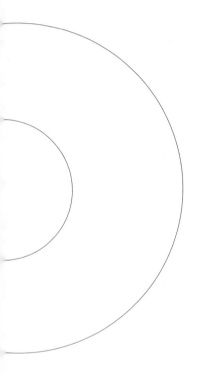

永安湖竹枝词(九十首选三)

清·吴熙

(一)

阿侬家住小杭州①,谷水东来向北流②。
九十九峰青不断③,烟中自棹木兰舟④。

(二)

万里风涛怒激撞,西来一线是钱江⑤。
晒灰人喜长晴好⑥,天末争看挂水桩⑦。

(三)

瀛洲方丈路漫漫⑧,望断九涂十八滩⑨。
石柱横排一十二,几人咫尺到黄盘⑩?

吴熙

(?—1778)

　　字太冲,海盐澉浦人。乾隆四十二年(1777)举人,次年殁于进京会试途中,年仅三十余。诗人,书画家。有《春星草堂诗稿》等多种著作。

● 题解与赏析

永安湖,即海盐澉浦一览无遗的南北湖,自古为名胜,是全国唯一山、海、湖的景点。据目前所知,海盐最早的方志是南宋理宗绍定三年(1230)常棠所著的《澉水志》。据此书记载,永安湖"四围皆山","中间小堤,春时游人竞渡行乐,号为'小西湖'"。

此组诗共90首,第一首总写其所处的地理位置特点及作为游览名胜景点的引人之处。南北湖靠山面海,得天独厚的地理位置自古以来就成为游览胜地,在古代就被人认为是"小西湖"。旁边的澉浦古镇,一直是重要的贸易港口,被人誉为"小杭州"。

第二首写海盐紧靠海边以产盐著称,"海盐"地名也由此而来。海盐制盐的历史据光绪《海盐县志》记载,西汉时吴王刘濞已在此设置"司盐校尉"管理制盐,后设置"盐官"(管理盐业的部门和官员)。此后一直是盐业重地。

第三首写秦始皇南巡至海盐的历史传说。秦始皇南巡至嘉兴一带,在嘉兴、海盐、海宁一带留下许多传闻轶事,流传至今的不少地名都与之有关。这首诗写的是秦始皇企求长生不老神药,要想在海盐建跨海大桥的传闻。"路漫漫""望断",含蓄讥讽此荒唐之举。

● 注释

①阿侬:我。吴方言。
②谷水:古代嘉兴地区的一条河流。有不同说法,其中流行的一种即是从海盐海边山谷中流向北面嘉兴的一条河流;也有认为是从海宁山间流向嘉兴的长水。
③九十九峰:南北湖一带靠海多山,极言其多。
④棹:船桨,也指划船。木兰舟:用木兰树制成的船,古诗中常出现的美

好意象。

⑤钱江：钱塘江。澉浦一带是钱塘江由西向东流向东海的出海口。

⑥晒灰：俗语称晒盐为"晒灰"。长晴好：指一直是晴天。

⑦水柱：虹的别称。因虹可以预示天气，故晒盐人关心它的出现。

⑧瀛州句指：传说中的蓬莱仙岛（蓬莱、瀛洲、方丈三岛），秦始皇曾欲去求长生不老神药。

⑨九涂十八滩：指海盐一带海边多涂（浅海滩）及滩（深海滩）。

⑩几人句：据《澉水志》，"旧传沿海有三十六条沙岸、九涂、十八滩，至黄盘山上岸"，"始皇欲作桥渡海"。明代《续澉水志》又记"（造桥）石柱旧有十二，今尚存一，没于沙中，千八百年遗迹也"。黄盘山：唐代时陷没于海中。

今 译

（一）

我家住在被称为"小杭州"的南北湖边，山中流出的谷水由东向北流过嘉兴平原。从黄湾尖山沿海而来有众多的青青山峰，我驾驶着木兰舟穿行在谷水的云烟之间。

（二）

南北湖外的大海中风浪翻卷滔天，钱塘江水千里奔涌从西流向大海。海盐盐民自古晒盐盼望天气晴好，争相观看天边彩虹预测是否晴天。

（三）

传说中的蓬莱三岛虚无缥缈路途漫漫，秦始皇面对海边众多沙滩望穿了双眼。他要修筑一座跨海大桥直达对岸仙境，然而几人能到达那咫尺之间的黄盘山？

（撰稿人：徐志平）

海宁篇

登西山望硖石湖

唐·白居易

菱歌清唱棹舟回,树里南湖一鉴开①。
平障烟低浮落日②,幽溪路细长新苔。
居民地辟常无事,太守官闲好独来③。
犹记长安论诗句④,至今惆怅读书台⑤。

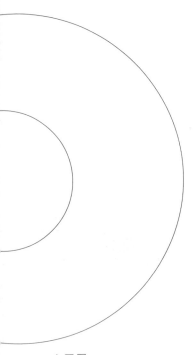

白居易

(772—846)

字乐天,号香山居士,祖籍山西太原。曾祖父时迁居下邽(今陕西渭南),生于河南新郑。唐代伟大的现实主义诗人,与李白、杜甫并称为唐代三大诗人。白居易与元稹共同倡导新乐府运动,世称"元白",与刘禹锡并称"刘白"。有《白氏长庆集》传世。代表诗作有《长恨歌》《卖炭翁》《琵琶行》等。

● 题解与赏析

　　海宁市从唐朝开始划归杭州府管辖（解放后划归嘉兴市）。这首诗是白居易任杭州刺史（相当于太守）时来海宁登西山时作。西山又称紫微山、紫薇山，因位于海宁市硖石之西，与东山（沈山）并峙故名。西山是硖石"二山夹一水"独特城市景观的重要组成部分，具有丰富的人文历史意义。园内共有大小景点20余处，西山山顶的紫薇阁，是海宁市标志性建筑，整个建筑极具文化气息和旅游观赏价值。这里还有现代著名诗人徐志摩的墓。白居易曾为杭州、苏州刺史，管辖的正是江南一地。大运河开通后，江南得到发展，经济繁荣，社会安定，白居易曾有诗："平河七百里，沃壤两三州。"此诗也是一个具体印证。《万历杭州府志》中说"唐中书舍人白居易登此山，望硖石湖"，因为"中书省"唐代又叫"紫微省"，"紫微"是天上的星座，传说天帝居此，故以此名中书省，"中书舍人"也叫"紫微舍人"，所以西山也有了"紫微（薇）山"的别名。

　　这是一首七言律诗。首联写诗人登西山所见：山下的湖水平滑如镜，湖边绿树环绕，渔父船娘划着小舟，传来声声菱歌。颔联先写登山远眺所见，四周平坦，落日如同浮在云烟之上；次写登山的路途所见，溪水小径，幽长深远。颈联叙事，写出此地安定平和，地方官清闲无事的现实。尾联回顾往事，怀念提拔他的老师顾况，海宁正是顾况的家乡。

　　白居易诗以通俗平易、韵深味长见长，与同时的另一位诗人元稹的诗风相似，有"元轻白俗"之说，说的就是白居易诗清新通俗。这首诗就体现出这样的特色。

● 注　释

① 南湖：即硖石湖，又名鹃湖，在硖石的南面。鉴：镜子。
② 平障：指从山上往下看，山如屏障。

③太守：汉代郡府的长官，唐时也称刺史，是作者自称。

④据唐代张固《幽闲鼓吹》：白居易年轻时到长安，拜谒著名诗人顾况，顾况一看名字，开玩笑说"长安米贵，居大不易"。及至看到他的诗句"野火烧不尽，春风吹又生"，又说能写出这样的诗"居亦易矣"。

⑤读书台：顾况是海盐人（其家乡横山今属海宁），硖石东山有他读书的地方"读书台"。

今 译

湖面上的小舟传来菱歌声声，绿树丛中的南湖像打开的明镜。山如平障云烟衬托着落日西下，山间溪水淙淙小路上苔藓纵横。这里地处幽僻百姓安居乐业，我当太守闲暇无事独自光临。想起刚到长安与老师论诗句，老师当年的"读书台"令我伤神。

（撰稿人：徐骏）

过长安堰

宋末元初·袁易

霜落天清木叶零①,我非王事亦宵征②。
三更灯火鱼龙动,千里星河雁鹜惊③。
大舶低昂冲尾进,扁舟往来一叶轻④。
抱关恐有高人隐⑤,野客低头愧送迎⑥。

袁易

(1262—1306)

字通甫,号静春。宋末元初藏书家、文学家。平江长洲(今江苏苏州)人。少敏于学,不求仕进。有《静春堂诗集》。

● 题解与赏析

　　长安堰即长安闸,位于浙江海宁市长安镇区,是一个古代系统水利工程,三闸两斗(类似于今葛洲坝闸),始建于唐贞观年间(627 – 649),为江南大运河交通和军事上的枢纽。杭嘉湖地区是鱼米之乡,所产的粮食需通过船只运往北方。由于长安的西南杭州一带地势高,需要通过建堰坝来调节水位,这样才能既保证上游水流不过分流失,又不致于给下游造成水患,方便船只航行,所以建造了长安堰。元代以前的大运河从崇德向南经长安堰坝进入杭州(元代开始从崇德向西进入杭州),南宋范成大有五言古诗《长安堰》,具体描写众多船只过闸的景象。长安堰坝闸遗址至今尚存,已成为世界文化遗产保护的建筑。

　　这首诗描写了元代长安运河段的热闹繁忙景象,反映出当时杭嘉湖平原经济的繁荣。首联交代秋日作者路过长安堰的情景,后一句说自己并非公事也要连夜赶路,带有自嘲意味,表现出对功名的淡漠。颔联描写夜景,用比喻、夸张手法写出晚上过往的船只非常多,船上点亮的灯火如同千里星河,惊起了夜宿的大雁和野鸭。颈联写来往船只非常繁忙,大船船头、船尾相连,小舟来往穿梭。通过开闸、关闸,调节水位,便于船只通行。末尾两句议论抒情,照应开头,再次表达对功名利禄淡漠的清高孤傲之情。

● 注　释

①木叶:树叶。屈原《九歌·湘夫人》有"袅袅兮秋风,洞庭波兮木叶下"之句,后成为古诗中特有的意象,表示秋天叶落的萧瑟落寞。零:凋零,零落。
②王事:国家的公事、君王之事。《诗经》中多有出现。宵征:夜行。出自《诗经·召南·小星》。
③星河:银河。鹜[wù]:野鸭。
④大船两句:写大小船只过闸门的情景。大舫:大船。

⑤抱关：守门打更的小吏，语出《孟子·万章》："抱关击柝。" 高人：指隐居之人。

⑥野客句：作者自嘲无官无职，无名无利，在经过闸门的官员、商人面前感到惭愧。

● 今 译

天高气清霜落大地树叶凋零，我不为公事也连夜匆匆赶行。三更时灯火船只还忙碌不停，犹如把银河中的雁鹜惊醒。只见大船低头扬尾冲浪向前，小船在水面如树叶般轻盈。守闸把关人中恐有隐居高人，惭愧我这样的野客不会逢迎。

（撰稿人：徐骏）

长安堰坝遗址

观刈早稻有感

清·查慎行

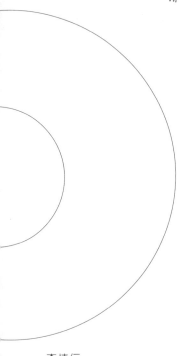

袯襫相逢半压肩①,刈禾争趁老晴天②。
蒹葭对岸遮邻屋③,蚱蜢如风过别田④。
地瘠不知丰岁乐⑤,民劳尤望长官贤。
谁知疾苦无人问,秋税新增户口钱⑥。

查慎行

(1650—1727)

初名嗣琏,后更名慎行,号查田、初白老人,海宁人。清代前期著名诗人,有《敬业堂诗集》,收诗5000余首。查家系海宁望族,明清两代考中进士20余人,举人76人,有所谓"一门十进士,叔侄五翰林"之称。康熙皇帝也称颂"唐宋以来巨族,江南有数人家"。查慎行是其中杰出的诗人。曾因文名、诗名而被权臣明珠聘为其第二子揆叙的塾师。53岁时经推荐见到了康熙皇帝,并经特试赐进士出身,入值南书房,授翰林院编修,得到宠幸。晚年居家。雍正时因其三弟查嗣庭"文字狱"案牵连入狱,释免归家去世。

◉ 题解与赏析

  查慎行是现实主义诗人,其诗广泛反映出清代前期的社会现实,体式、风格多样。这首诗作于康熙三十六年(1697),反映出清初嘉兴平原农村百姓的艰难现实,也反映出清初赋税徭役制度改革"摊丁入亩"制度的实施情况。诗下自注:"吾邑户籍十万,每丁岁输力役之征。今年,忽从田赋加派,数百年旧制坏矣。"清初户(人)口税由原来的"按'丁'(人口)摊派"改为"按田亩摊派",每10亩田地出一丁,历史上称为"摊丁入亩"。这样,土地越多,承担的费用也越多,这从客观上讲,相对比较公平,使田亩少的农民减轻了负担,但土地多的人家则要多交。查慎行家当时虽有田地,但家境不好,故有此说。史书上记载,"摊丁入地"始于康熙五十一年(1712),而据此诗则提早了15年,大约是在海宁先搞试点,然后推广。由于规定从此后不管人口增加多少,都不增加税负,因此使得中国人口大增。

  诗的首联写农民肩上披着蓑衣,在田间相逢,大家抢着晴天收割水稻,争分夺秒。颔联写景,刻画江南农村萧瑟景象。沿着河的两岸,透过芦苇丛中,可以看到农家简陋小屋,田野上成片蚱蜢飞过,带来一阵风。"蚱蜢"是危害农作物的虫类,飞来飞去吞食稻禾豆类,所以说"过别田"。诗的颈联和尾联写农民所受剥削的深重。土地贫瘠,年成再好,再劳苦耕作,也不能多收,所以只能寄希望于地方长官好一些,搜刮轻一点。谁知农民的疾苦无人过问,反而从秋天开始又要增收"户口税"了。

  查慎行诗多用白描传神手法,语言平易,给人以深刻印象。

注释

①袯襫 [bó shì]：蓑衣。半压肩：指披在肩上。

②刈 [yì]：割。老：久（指连续晴天）。

③蒹葭 [jiān jiā]：芦苇。

④蚱蜢：危害农作物的虫类。

⑤瘠：贫瘠。

⑥户口钱：户口税。

今译

　　披着蓑衣的农民在田头相见，争先抢收庄稼趁着连续晴天。隔着河边芦苇望见对面茅屋，蚱蜢像风一样飞过别家田间。土地贫瘠丰年也难高兴起来，民生艰难只望长官心慈手软。谁知一点也不顾怜百姓疾苦，秋天收税又新增加了户口钱。

（撰稿人：徐志平）

六月二十七日宿硖石

清·王国维

新秋一夜蚊如市,唤起劳人使自思①。
试问何乡堪着我②,欲求大道况多歧③。
人生过处惟存悔,知识增时只益疑。
欲语此怀谁与共?鼾声四起斗离离④。

王国维

(1877—1927)

　　字静安、伯隅,号礼堂、观堂等。海宁盐官人。从小打下扎实的国学、文学基础。曾留学日本,又悉心研究哲学、心理学、伦理学等西方新的思想和理论,曾任清华研究院导师。1927年投昆明湖自尽。王国维熟习英、日、法文,先后从事哲学、文学、戏曲史、甲骨文、金文、古器物、汉晋木简、汉魏碑刻、敦煌文献及西北地理、蒙古史等研究,一生著述达60余种,批校各类著作192种,大多具有开创性,成果丰硕,在国内外学术界有巨大的影响,被誉为"国学大师"。鲁迅先生曾评论他"要谈国学,他才可以算一个研究国学的人物"(《热风·不懂的音译》)。其主要著作为《观堂集林》。王国维诗、词均有成就,尤以词与词论著名。有《人间词》(又名《观堂长短句》)及《人间词话》等。

● 题解与赏析

　　王国维生活于我国从旧制度到新制度的过渡时期，接受了我国传统思想和西方现代思想的熏陶，一生始终处于追寻、探求和矛盾之中。1905年王国维29岁时，已经在哲学、文学、美学、教育等研究领域有所成就，但也产生了思想矛盾。他认为自己"欲为哲学家则情感苦多而知力苦寡，欲为诗人则又苦感情寡而理性多"（《静安文集续编·自序》）。经过思想矛盾的痛苦斗争，他终于抛开了哲学、文学研究，将后半生精力投入于甲骨文、敦煌学、考古等国学研究。同年，他编辑出版《静安诗稿》一卷，其中收入了此诗，从中可以看出作者这一思想矛盾的轨迹。

　　诗中首先自比"劳人"（这是受叔本华悲观主义哲学的影响，把人生、欲望看作是痛苦的根源），夜不能寐，苦苦思索。中间四句具体写自己的矛盾和思索：自己究竟处于何等地位？人生的发展有多种途径，究竟何种才是自己的"大道"？知识越多，疑问越多，更感困惑，但同时也促使自己去不断探索、追求。末尾表示自己孤独，这种孤独，既是政治上的，也是学术上的。

　　纵观全诗并联系王国维的后半生，此诗虽然调子比较低沉，但其对人生、学术的追求精神还是很明显的。正因为有这样的矛盾，才促使他去努力探索、追求新的境界，在学术上不断有新的发现和突破。这也正如苏东坡诗所说"人生识字忧患始"，一个正直能有抱负的文人，都经历过这样的苦闷和矛盾，屈原、李白、杜甫、苏轼、辛弃疾、陆游……莫不如此。如果一个浑浑噩噩的人，是不会有这样的矛盾和苦闷的。

● 注　释

　①劳人：忧伤之人，亦为劳苦之人。本诗中当兼有两意。
　②堪着我：能够安顿我，指能解决思想矛盾和苦闷。

③歧：歧路，指思想矛盾。王国维常感到天地之大，无所容身。找不到合意的工作，不被人们所了解，精神上难寻出路。

④斗：星斗。 离离： 历历分明。此句以众人熟睡反衬自己哲人独醒的矛盾和痛苦。

今 译

　　新秋的晚上飞蚊喧闹有如闹市，唤醒了我劳苦之人扪心自思。试问天下哪有我安身立脚之地，要寻找光明大道却多歧路分支。回顾人生之路只有诸多懊悔，知识越多疑问越多更引起深思。要想倾诉情怀哪里有我的知己，星斗满天四周的人酣睡无知。

（撰稿人：徐骏）

鹃湖渔唱（选二）

清·曹宗载

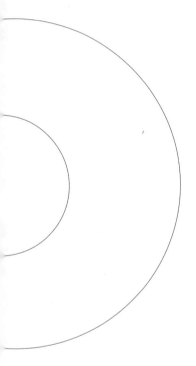

（一）
岸界东西水画开，排云两点碧螺堆①。
不知神斧何年劈，翻道秦皇疏凿来②。

（二）
鳞次家家列水廛③，帆樯历乱与云连④。
南湖米市年来盛，泊遍江淮估客船⑤。

曹宗载

（1752—1824）

　　字问渠，号桐石。海宁硖石人。岁贡生，道光时举荐孝廉方正，不就。书法家、篆刻家、诗人。有《东山楼诗集》等。

● 题解与赏析

鹃湖,在海宁市硖石镇南面,紧靠东山,又称南湖。曹宗载的这组诗以鹃湖为中心,吟诵海宁的人文历史。"渔唱"即"渔歌""棹歌"。 第一首写海宁市内的"双山"(东山与西山)与秦始皇的传说。第二首写海宁一带平原水稻经济及商业的发达,可与前面朱彝尊《鸳鸯湖棹歌》中"泊遍江淮贩米船"对照读。

● 注 释

①两点:海宁市城硖石镇由河流隔成两岸市街,两边各有东山、西山,犹如碧螺座落两岸。
②翻道句:传说秦始皇南巡为破"王气",将中间挖开成河,形成两山。据清代《硖川续志》引引人所载:"古称夹谷,初本两山相连,秦始皇东游过此,以其山有王气,发囚徒十万凿之,遂分为两:一曰东山,一曰西山。今市大虹桥下,两岸山根犹露,相传秦皇凿处。"
③鳞次:鳞次栉比,形容两岸民居、店铺密集。 水廛[chán]:靠河边的市场。
④ 帆樯:船上的帆竿。 历乱:纷乱。
⑤南湖米市:稻米交易市场。 估客:贾客,商人。

● 今 译

(一)

河流把市镇划分成了东西两半,两边的东山西山像青螺两堆。就像用神斧把青山劈成两边,都说是当年秦始皇时挖掘分开。

(二)

两岸商市千家万户鳞次栉比,河里大大小小帆船长长相连。这是南湖边的稻米交易市场,商船来自长江淮河西北东南。

(撰稿人:徐志平)

硖石东山西山

桐乡篇

崇德道中

唐·戴叔伦

暖日菜心稠①，晴烟麦穗抽。
客心双去翼，归梦一扁舟。
废塔巢双鹤②，长波漾白鸥。
关山明月到，怆恻十年游③。

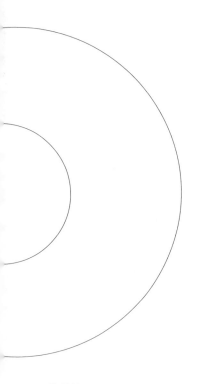

戴叔伦

（732—789）

　　字幼公，润州金坛（今江苏金坛市）人，中唐时诗人。年轻时曾避战乱而到过南方，后在广西等地为官，多次经运河往来。其诗多写现实，《全唐诗》收其诗300余首。戴叔伦论诗有"诗家之景，如蓝田日暖，良玉生烟，可望而不可置于眉睫之前也"，为后人所称道。

● 题解与赏析

　　崇德古镇，在桐乡西部，原是属嘉兴所辖的语儿（御儿）乡，五代后晋天福三年（938）设置崇德县，隶属于嘉兴府。明宣德五年（1430）析出东部地区为桐乡县。清初因避清太宗"崇德"年号而改为石门县，镇改名崇福镇，原石门镇改为玉溪镇。民国初，恢复原名崇德县。1958年，并入桐乡县。1993年，撤县建桐乡市，隶属于嘉兴市。

　　崇福古镇为京杭大运河的必经之镇。元代以前，运河从崇福镇向南经海宁长安，由上塘河经临平进入杭州；元代时，开通从崇福镇向西经塘西进入杭州的运河。由于其重要的交通地位，古人留下许多诗词。戴叔伦这首诗生动形象地写出了唐代时运河重镇崇德的面貌。首联描写春日运河两岸的欣欣向荣美景，交代经过崇德的时间。颔联叙事抒情，用比喻抒发离家远行、念亲思归之情。颈联由历史的古老转到现实的宁静，描写崇德古镇及运河的景物，突出了崇德镇的古老沧桑及运河的优美自然。尾联由景转情，面对客乡美景，更激起强烈的思乡之情。戴叔伦之诗擅长写景抒情，诗风朴实平易，多有名作。这首诗可见一斑。

● 注　释

①稠：指花繁多。
②废塔：崇德有崇福寺（又称西寺），始建于南朝梁天监二年（503）。唐时，又在寺前建双塔。
③怆恻：悲怆、凄怆。

● 今 译

和煦的春日催开了菜花金黄一片，晴烟下麦子拔节抽穗开花。思乡念亲之心就像鸟儿展开双翅，在船中的悠悠梦里回到了家。古镇的寺院双塔里鸟儿建了新家，运河的水波上白鸥来去上下。明月下经过了多少山河关卡，可叹我十年来一直奔波在天涯。

（撰稿人：徐志平）

槜李亭

宋·梅尧臣

土化吴王甲,骨朽越王兵。
五月菖蒲草①,千年槜李城。
蒲根蛙怨嚎,城上乌夜鸣。
吴越灭已久,客心空屏营②。
落日孤亭见,悠悠钟磬声③。

梅尧臣
　　见《新城篇》,此处略。

● 题解与赏析

　　春秋时，嘉兴、桐乡一带是吴、越两国交界处，双方在此建立了许多城堡，许多地名还保存至今，如晏城、新城（塍）等，其中有檇李城（亭）。檇李是产于嘉兴一带的一种珍贵李子，古代曾以檇李命名嘉兴，今嘉兴、桐乡一带尚有檇李生产的基地。檇李亭在今桐乡濮院靠近运河一带，相传这里曾是吴越檇李大战的战场。古人凭吊此地，多有诗留下。从诗中可知，北宋时亭犹存。

　　这首诗首两句感慨当年壁垒分明、敌我相对的吴、越两国今天都成了残器、枯骨。接下去四句是写今日檇李亭之所见，移情于景：五月初夏，菖蒲茂盛，古战场檇李亭遗址历经千年犹存，见证着千年前那场激战。至今菖蒲草根下的青蛙还在余怨未息地悲噪，树上的乌鸦也还在心有余悸地哀鸣。最后四句抒情。吴越争战已过去千年了，但想起往事，犹让人心存恐惧，侧面烘托了战争的惨烈。孤亭落日、夕阳残照下悠悠钟声引人深思与感慨。现实景物的深沉悠远浸透着历史的凄怆苍凉，使人久久回味，意蕴无穷。

● 注　释

①菖蒲：草名，生于水边，有香气。
②客心：旅人之思。屏[bǐng]营：惶恐。
③钟磬[qìng]：佛寺中敲击以集中僧人用的铜器。

● 今 译

　　泥土销化了当年吴越的盔甲,还可看到残留的枯骨和兵器。五月的菖蒲草长满荒原大地,保留着千年前槜李城的残遗。菖蒲中的青蛙似在怨恨悲嚎,树上的乌鸦夜晚时凄惨哀啼。吴越争战的历史已过去千年,游客到此心中还是惶恐不已。傍晚的落日映照着槜李古亭,远处悠悠钟声引人深思回忆。

（撰稿人：徐志平）

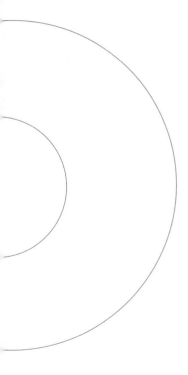

乱后过嘉兴（其一）

清·吕留良

兹地三年别，浑如未识时①。
路穿台榭基，井汲骷髅泥②。
生面频惊看，乡音易受欺③。
烽烟一怅望，洒泪独题诗。

吕留良

（1629—1683）

　　字用晦，号晚村，桐乡崇德（今崇福镇）人。清初著名思想家、诗人。曾参加抗清斗争，失败后始终不与清廷合作，写下大量诗文。死后40年，遭雍正文字狱"曾静案"牵连而被剖棺戮尸，著作禁毁，全家牵累。有《吕晚村先生文集》《东庄诗存》等著作。

● 题解与赏析

　　1644年,明朝灭亡。1645年,清兵渡江攻占江南,遭到江南各地百姓抵抗,清兵残酷镇压屠杀,"扬州十日""嘉定三屠",嘉兴各地也发生抗清斗争。嘉兴斗争失败后,也遭到清军屠城,城毁严重。据《野史大观》"嘉兴之杀戮"记载:百姓喧挤出逃,践踏倒死,嚎咷震天,接踵而行,首尾数十里不绝。……时城中逃出十二三,未及出者十七八,有削发为僧……其馀尽行杀戮,血满沟渠,尸积里巷,烟焰涨天,结1644年,明朝灭亡。1645年,清兵渡江攻占江南,遭到江南各地百姓抵抗,清兵残酷镇压屠杀,"扬州十日""嘉定三屠",嘉兴各地也发生抗清斗争。嘉兴斗争失败后,也遭到清军屠城,城毁严重。据《野史大观》"嘉兴之杀戮"记载:"百姓喧挤出逃,践踏倒死,嚎咷震天,接踵而行,首尾数十里不绝。……时城中逃出十二三,未及出者十七八,有削发为僧……其馀尽行杀戮,血满沟渠,尸积里巷,烟焰涨天,结成赤云。"三年后,吕留良来到嘉兴,犹是一片荒凉。他据所见所闻写下三首五律,分别从不同角度刻画清初战后嘉兴的惨况,反映历史,可称"史诗"。

　　这是第一首,写清兵占领嘉兴后古城荒凉破败,表达在异族统治下的悲愤之情。吕留良是现实主义诗人,其诗学习宋诗,追求瘦硬传神,质朴无华,多反映清初现实及自己的民族情怀。这首诗的首联写三年后重临嘉兴的总印象,失去昔日繁荣;颔联写所见,写出劫后的荒凉可怕;颈联写清兵占领嘉兴,汉族百姓受尽欺凌;尾联感慨抒情。

● 注　释

①浑如:简直就像。

②路穿两句:昔日亭榭的墙基变成了路,井里打水打起了骷髅。

③生面:陌生的面孔(外地人)。指嘉兴城里都是外地人(占领者),说本地话音的本地人反而受到欺负。

今 译

这个地方我离开已经三年了,今天重来不见昔日的繁华锦绣。倾倒的高楼地基变成了道路,井底打水还捞出了死人的骷髅。街道上来去的都是陌生之人,说本地话的乡人反而受到欺负。我惆怅地望着劫后的荒凉城,含泪独自写诗表达心中的怨愁。

(撰稿人:徐志平)

满江红·石门

清·万树

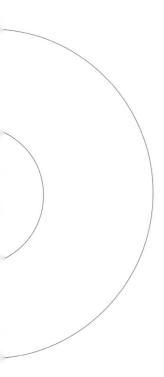

十幅蒲帆,抖擞去,客怀愁病①。喜听取,长年坐说,湖乡风景②。眠犊黄围桑叶砌③,浴凫红唼枫林影④。看麦田,人散荷锄归,轻烟暝⑤。

村女出,梳妆称;青鬓插,黄花靓⑥。正篱边挑菜,笑声相应。紫蟹团脐沿椴数,白菱驼背临船秤⑦。更沽来,野酝蜜般甜⑧,供吟兴。

万树

(1630—1688?)

字红友,江苏宜兴人。清初著名诗人、词学家、戏曲文学家,有多种著作传世。编有《词律》20卷,纠正流传的一些错误,规范词的格律,收词牌660多种1180余体。

● **题解与赏析**

　　大运河的开通，对运河两岸城镇、乡村的发展起到了推动作用，运河两岸一片繁荣景象。这首词描写桐乡运河石门段两岸的美丽风光，反映出这一带安定的景象和特有的民俗风情。这首词的上片主要描写石门一带运河两岸的自然风光。词的首句写客愁难解，为下面衬托石门一带运河风情作了铺垫，为解"客愁"而高兴地听船上的"长年"说起了石门的民俗风情。以下几句是所见，是对石门运河两岸风情民俗的具体描写，展现出一幅清新怡人、优美和谐的秋日水乡画图。下片紧承上片，由田野转向村庄，写村女、渔民、商贩的活动。词人一边喝着当地土酿的甜酒，一边品尝着运河边的特产，忘记了思乡客愁，引发了浓浓的诗兴。这首词充分发挥了长调词篇幅较大的特点，刻画详细，语言平易通俗，给人以生动鲜明的形象。

　　《满江红》这一词牌要求上、下片的第三句两个七言句对仗，下片开头两组三言句也要对仗，词中巧妙地以描写为对仗，流畅而平易，有"看似平易最奇崛"之感。

● **注释**

①十幅蒲帆：大船用的帆。 客怀：客中思念家乡。

②长年：长工，船上的雇工。湖乡：水乡。

③眠犊：（因吃饱桑叶而）卧睡的小牛。砌：形容桑叶之多而密，犹如砌墙一样。

④浴凫：水中戏水的鸭子。唼 [shà]：鸟类吃食。

⑤荷锄：扛着锄头。暝：暮色。

⑥称 [chèn]：相称，恰好。靓 [jìng]漂亮。

⑦团脐：雌蟹团脐（雄蟹尖脐），蟹以雌蟹为贵。 椵 [jiǎ]：木名，这里指木制的捕蟹工具。白茭：茭白，生在水边。因中间饱满粗大而像"驼背"。

⑧野酝:农民自家酿的酒。

今 译

十幅大帆的船只速速前行,引发了我的思家之情。船工为我说起了这里的风俗民情,引我高兴。岸上小牛犊吃饱了在桑林中卧睡,红枫树下运河中鸭子觅食正尽兴。夕烟笼罩,人们扛起锄头从麦田回到家门。

村女们打扮得恰如其分,鬓边的野花更增添了风韵。她们在篱脚边挑野菜,传来笑语盈盈。渔民捕捉着椴中紫色的螃蟹,船上正把肥大的茭白用秤称。我喝着甜美的村酒,看着两岸美景,引起了写诗的逸兴。

(撰稿人:徐志平)

桐乡竹枝词选

（一）陆世埰《双溪棹歌》

双溪环合一河通，西岸乌程东岸桐①。
只有儿家无系着，船头随意泊西东②。

（二）陈沄《柞溪棹歌》

家住炉溪曲水前，铸金成釜旧相传③。
沿塘时有商船泊，夜半惊看火烛天。

（三）沈涛《幽湖百咏》

绸市原称永乐乡④，万家烟火尽机坊⑤。
自从番舶通商后⑥，日下镪来百万装⑦。

陆世埰

（1729—1804）

字卿田，桐乡乌镇人。曾任教谕、知县、知府等职。有《秋畦诗草》。

陈沄

生卒年不详。又名陈敬鸿，清代海宁人，有《归云阁丛书》等著作。

沈涛

（1800—1854）

字苇汀，桐乡濮院人。诗人，有《幽湖百咏》《红药山房诗存》等著作。

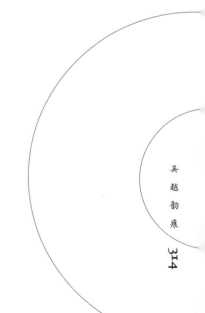

● 题解与赏析

陆世垛[cài]《双溪棹歌》中的"双溪"是指环绕桐乡乌镇的苕溪、秀溪两条河流；中间的市河又将乌镇分为东、西两镇，一名乌镇，一名青镇，古代分属两县管辖（今统属桐乡市）。这首诗以民歌特有的风趣笔墨写出这种独特的地理环境：市河中船上的"儿家"属于谁家管辖？

陈沄[yún]《柞溪棹歌》中的"柞溪"是桐乡炉头镇连通运河的一条河流，从明代开始，这里发展冶炼业，铁炉煅烧，故又名炉溪，镇名炉头。炉头曾是杭嘉湖平原上最出名的冶铸中心，"浙西冶业惟此一处"（民国《乌青镇志》）。诗抓住晚上冶炼的景象突出其冶炼业的繁荣，这与李白的"炉火照天地，红星乱紫烟"（《秋浦歌》）意境相同。

沈涛《幽湖百咏》中的幽湖在桐乡濮院。濮院古镇的历史可追溯到南宋，跟随宋高宗南渡的著作郎濮凤家居于此，遂逐渐形成大镇。濮院自古以来就是纺织中心，古人诗中多有写到。这首诗反映出明清时濮院纺织经济的规模及繁荣，通商已输出海外。

● 注 释

①西岸句：乌镇原来地处两省（浙江、江苏）、三府（嘉兴、苏州、湖州）及多县（桐乡、秀水、吴江、乌程等）交界。河以西为乌镇，属湖州府乌程县（今湖州市吴兴）管辖；以东为青镇，属嘉兴府桐乡县（今嘉兴市桐乡）管辖。解放后，统一由桐乡管辖。
②无系着：船家撑船河中，归属未定。
③铸金成釜：指熔铸金属，制成铁锅等生活用具和犁锄等生产用具。釜[fǔ]：锅。
④永乐乡：即濮院，元时称这里的集市为永乐市。
⑤机坊：纺织工坊。

⑥番舶通商：指清初实行海禁。康熙后期开海禁，于是出现对外经济交往。
⑦镳[biāo]：马嚼子，此指马匹拉货。

今 译

（一）

市河将环绕的双溪中间分，西面是乌镇东面是青镇。只有船上的我家没有着落，任凭船头向西还是向东。

（二）

我家住在弯弯的炉溪边，这里的冶炼自古代代相传。沿河停泊满了各地的商船，半夜里冶炼的火光冲天。

（三）

永乐乡的丝绸集市天下闻名，千家万户的工场日夜织纺。自从朝廷开放海禁允许通航，成千上万的绸缎运向四面八方。

（撰稿人：徐志平）